Arena-Taschenbuch
Band 2170

Chris Archer

Letzter Zeitsprung

Aus dem Amerikanischen
von Angelika Eisold-Viebig

Arena

Für Denise Butler
Danke für das Ende!

In neuer Rechtschreibung

Deutsche Erstausgabe
1. Auflage als Arena-Taschenbuch, 2002
Titel der Originalausgabe:
Meltdown/10 Mindwarp by Chris Archer

Published by Arrangement with 17TH STREET PRODUCTIONS INC.
Dieses Werk wurde vermittelt durch die Literarische Agentur Thomas Schlück GmbH, 30827 Garbsen.

Aus dem Amerikanischen von Angelika Eisold-Viebig

Umschlagillustration: Arndt Drechsler
Umschlagtypografie: Agentur Hummel + Lang
Gesamtherstellung: Westermann Druck Zwickau GmbH
ISSN 0518-4002
ISBN 3-401-02170-2

1. KAPITEL

Ich heiße Toni Douglas. Und ich werde dir ein paar Geheimnisse verraten.
Geheimnis Nummer eins: Du weißt doch, wenn Leute in einer lebensgefährlichen Situation waren, sagen sie danach manchmal: »Mein ganzes Leben lief wie ein Film vor meinen Augen ab.«
Sie lügen.
Glaub mir. Ich weiß es. Ich habe ein großes Quantum von lebensgefährlichen Situationen erlebt und ich kann dir eines mit Sicherheit sagen, in jeder dieser Situationen war das Einzige, das mir durch den Kopf ging, ein Wort, von dem mein Vater meint, dass nur Lastwagenfahrer es benutzen.
Aber du musst mir nicht einfach nur glauben. Benutze einfach den gesunden Menschenverstand. Ich meine, ehrlich: Abgesehen von einem neugeborenen Kind,

kennst du irgendjemanden, dessen ganzes Leben in – sagen wir – zehn Sekunden zusammengefasst werden könnte?

Meines jedenfalls nicht, das steht fest.

Ich würde sagen, es wären mindestens zehn Bücher nötig, um all das zu erzählen, was in meinem Leben passiert ist. Meine Güte, ich wette, es wären schon so viele Bücher nötig, um allein das zu erzählen, was im letzten Jahr passiert ist! Und glaub mir, diese Bücher würdest du nicht in der Abteilung für Schnulzen finden. Horror und Sciencefiction ist schon wahrscheinlicher.

Ich wünsche mir oft, mein Leben wäre unwirklich, wie erfunden, ausgedacht, nicht wirklich passiert, wie in einem Buch, das man zumacht, und alles ist vorbei. Auf jeden Fall kommt es mir oft ziemlich unwirklich vor.

Genau wie jetzt, dachte ich bitter, als ich mich bemühte meinen Freund Ethan Rogers aus dem brennenden Wrack einer Zeitmaschine zu befreien.

Du hast ganz richtig gehört: Zeitmaschine. Allerdings im Augenblick mehr so was wie eine gegrillte, genau hier gestrandete Zeitmaschine.

Überall um mich herum zuckten Lichter auf. Grelle weiße Funken sprühten aus zerstörten Computerterminals, während winzige blaue Flammen an freigelegten Kabeln entlangwanderten und an den eingedrückten Metallwänden leckten. Ein öliger schwarzer Rauch hing dick in der Luft, zusammen mit einem bitteren, scharfen Geruch nach Plastik. Ich konnte kaum mehr atmen, was es ziemlich schwer machte, Ethan zu befreien.

Er lag auf dem Boden vor mir, gefangen unter mindestens tausend Pfund Stahl. Seine Beine waren unter dem Kontrollsystem des Schiffes eingeklemmt, ein zusammengestürztes Gitter von dicken Metallstäben und Computermonitoren. »Keine Sorge«, beruhigte ich ihn, »ich werde dich hier rausholen.«

Ich streckte meine Hände aus und konzentrierte mich, bis aus jeder meiner Handflächen elektrische Strahlen herauszischten. Die oszillierenden Energieströme formten sich zu einem einzigen starken Bündel, wie ein Laserstrahl. Ich konnte nur hoffen, dass sie stark genug waren, um das Metall durchzuschneiden, unter dem Ethan eingeklemmt war.

Oh. Ich denke, jetzt wäre vielleicht eine gute Gelegenheit, das Geheimnis Nummer zwei zu erwähnen: Ich bin keine tpyische Achtklässlerin.

Wie du wahrscheinlich schon erraten hast, meine ich damit nicht die Tatsache, dass ich manchmal besondere Worte wie »Quantum« und »oszillierend« benutze. (Aber schön, dass du es bemerkt hast.) Ich meine damit die Tatsache, dass ich silbernes Blut in meinen Venen habe und – zu manchen Zeiten – mehrere tausend Volt durch meinen Körper rasen.

Ich habe diese Spezialkräfte genau wie meine perfekt modellierten Wangenknochen, makellose Haut und lockiges braunes Haar – von meiner Mutter geerbt. Sie war eine Alpha, ein in der Zukunft von der Regierung der Vereinigten Staaten genetisch konstruierter Mensch, der als Soldat eingesetzt werden sollte. Sie reiste mit einer Gruppe von anderen Alphas durch die Zeit in die Vergangenheit, wo sie normale Menschen heirateten wie meinen Dad und Kinder bekamen wie mich.

Natürlich hat Mom mir nie erzählt, dass sie eine Alpha war. Vielleicht hatte sie das vorgehabt, doch sie kam bei einem Brand um, im selben Jahr, in dem ich vier wurde – zumindest dachte ich das. Ich weiß jetzt, dass sie in Wirklichkeit nicht starb. Sie täuschte ihren Tod vor – zusammen mit den anderen Alphas. Sie versuchten dadurch, den Omegas zu entkommen, die sie aufgespürt hatten.

Die Omegas – sie kamen ebenfalls aus der Zukunft, eine andere Art von Soldaten, ebenfalls in Regierungslabors gezüchtet. Anders bedeutet in diesem Fall: böse. Und sie wollten unsere Eltern tot sehen.

Verstehst du, die Alphas waren nicht nur in die Vergangenheit gereist, um Familien zu gründen. Sie hatten vorgehabt die Omegas zu zerstören. Das hatte einen guten Grund: Die Omegas hatten in der Zukunft die Macht auf dem Planet übernommen, einen Nuklearkrieg angezettelt und die menschliche Rasse tatsächlich beinahe ausgelöscht. Die Alphas entwickelten einen Plan: Sie wollten herausfinden, welcher Wissenschaftler in der Vergangenheit die Technologie erfunden hatte, welche die Alphas und Omegas überhaupt hatte entstehen lassen, und diese Person dann davon überzeugen, seine oder ihre Forschungsarbeiten zu zerstören, bevor sie zum Desaster führen konnten.

Doch bevor die Alphas den Wissenschaftler finden konnten, waren die Omegas ihnen unglücklicherweise bereits zuvorgekommen.

Die Mission der Alphas fiel nun uns zu, den Kindern, die sie in Metier zurückgelassen hatten.

Wir waren insgesamt zu sechst: Todd Aldridge, Ashley Rose, Jack Raynes, Elena Vargas, Ethan und ich. Drei Jungen und drei Mädchen, die einzige Hoffnung, die zwischen Menschheit und Zerstörung stand.

Glücklicherweise waren wir nicht völlig hilflos.

An unseren dreizehnten Geburtstagen zeigten sich bei jedem von uns besondere Alpha-Fähigkeiten. Jeder von uns hatte andere Kräfte. Todd wurde ein Meister der Verwandlung; Jack ein Meister der Kommunikation. Ethan war mit unglaublichen Fertigkeiten im Kampf ausgestattet. Ashley hatte besondere Fähigkeiten unter Wasser und konnte sich selbst teilen. Elena hatte übersinnliche Kräfte.

Ich selbst entdeckte, dass ich eine »Springerin« war. Ich hatte die verrückte, übermenschliche Fähigkeit, elektrische Energie aufzustauen und dann wieder abgeben zu können. Ich konnte meine Kräfte benutzen wie ein Betäubungsgewehr und elektrische Stöße mit den Händen abgeben. Oder wenn ich mich konzentrierte, konnte ich sie benutzen, um ein Loch im System von Zeit und Raum des Universums zu schaffen, einen Weg, um durch die Zeit zu reisen.

Obwohl die Alphas es geschafft hatten, die Existenz von uns Kindern lange geheim zu halten – sobald unsere Kräfte sich zeigten, tauchten auch die Omegas auf. (Versuch du mal anonym zu bleiben, wenn dein Blut silbern wird und rosa Funken aus deinen Händen springen, sobald du niest.) Und als die Omegas merkten, wer wir waren und dass wir die gleiche Bedrohung für sie darstellten wie unsere Eltern, wurde unser Leben ein haarsträubender Kampf ums Überleben.

Indem wir uns zusammengetan hatten, waren wir in

der Lage, uns gegenseitig lange genug am Leben zu erhalten, um die geheimnisvolle Wissenschaftlerin aufzuspüren, die unsere Eltern gesucht hatten – Dr. Alice Mason. Doch unsere Entdeckung forderte auch Opfer: Bevor wir zu ihr gelangen konnten, hatten die Omegas Ethan, Ashley und Jack gefangen genommen.

Dr. Mason erklärte uns verbleibenden Kids, dass der Schlüssel zu dem unglückseligen Vorhaben der Regierung gar nicht unbedingt ihre Forschungen waren, sondern ein geheimnisvolles metallisches Gesteinsstück aus dem All – ein Meteor –, dessen Strahlung die eigenartigen genetischen Mutationen verursachte, die uns zu unseren Superkräften verholfen hatten. Der gigantische Steinbrocken war schon in prähistorischen Zeiten in Wisconsin gelandet und hatte einen Krater gebildet, der sich später mit Wasser füllen und das Wasserreservoir unserer Stadt werden sollte. Dr. Mason hatte zufällig ein kleines Stück des ursprünglichen Meteors besessen und ihre Experimente unwissentlich der eigenartigen Strahlung ausgesetzt. Ihre erstaunlichen Ergebnisse zogen die Aufmerksamkeit des Pentagons auf sich, das sofort die verbliebenen Teile des Meteors am Reservoir entfernen ließ. So hatten wir zwar Dr. Mason gefunden, doch es war zu spät. Natürlich ist zu spät dran zu sein niemals ein Problem, wenn du durch die Zeit reisen kannst.

Unser nächster Plan schien absolut sicher zu sein: Zurück in die prähistorische Zeit zu springen und den Meteor sicherzustellen, bevor die Regierung daran kommen konnte, und das unheimliche Stück Gestein aus dem All ein für alle Mal unschädlich zu machen.

Was mich zu Geheimnis Nummer drei bringt: Manchmal mache ich Fehler.

Und als ich uns zu dem Land vor der Zeit brachte, hatte ich definitiv einen Fehler gemacht. Elena, Todd und ich landeten in der allzu prähistorischen Zeit – der Meteor war noch nicht einmal in die Erde eingeschlagen.

Aber das würde er noch tun. Ja, ich hatte uns in genau der richtigen Zeit und an dem richtigen Ort abgesetzt, um zwei enorme Einschläge ganz aus der Nähe mitverfolgen zu dürfen. Der erste war eine Omega-Zeitmaschine auf einem Crashkurs zum Schrottplatz.

Die gute Nachricht ist: Das Omegaschiff – mit all seinen froschäugigen, die Gestalt verändernden Insassen – zerschellte in sicherer Entfernung von uns.

Die schlechte Nachricht ist: Ethan, Ashley und Jack waren an Bord, als Gefangene, eingesperrt in den Plastikzylindern der Omegas. Ironischerweise war die Tatsache, dass sie sich in diesen mit Gel gefüllten

Tanks befanden, genau der Grund dafür, dass sie den Aufprall überlebten, während die Omegas starben.
Ashley und Jack hatten es geschafft, sich aus dem Wrack zu befreien. Ethan hatte nicht so viel Glück gehabt.
Jetzt lag es an mir, ihn zu retten, ihn herauszuschneiden, bevor wir beide lebendig geröstet oder beim bevorstehenden Einschlag des Meteors in Atome zerstückelt würden.
Ethan blickte mich mit schmerzverzerrtem Gesicht an. »Vergiss es, mich hier rauszuholen«, stöhnte er. »Du wirst es keinesfalls rechtzeitig schaffen. Rette dich selbst.«
»Vergiss du es!«, fuhr ich ihn an. »Ich lass dich nicht im Stich.« Ich versuchte immer noch eine dicke schwarze Metallstange durchzuschneiden, die sich weigerte nachzugeben, egal, wie viel Energie ich darauf richtete. Ich biss die Zähne zusammen und verstärkte noch einmal die Intensität des Strahles.
Ethan verzog das Gesicht. »Toni, selbst wenn du mich aus dem Schiff bekommst, es könnte ja durchaus sein, dass ein Bein gebrochen ist. Ich kann nicht rennen. Opfere dich nicht sinnlos. Die anderen brauchen dich.«
Die anderen. Ich warf einen schnellen Blick zum Ausgang. Ein unheimliches Licht flackerte durch die vier-

eckige Öffnung herein. Der Himmel wurde neongrün, während der Feuerball auf uns zuraste.

Irgendwo dort draußen, in der kahlen grün erleuchteten Landschaft, rannten Jack, Ashley, Todd und Elena so schnell sie konnten weit weg von dem Wrack und von dem drohenden Meteoreinschlag. Sie rannten um ihr Leben, wie Ethan und ich es auch tun sollten. Ich schluckte schwer. »Sie brauchen dich genauso sehr«, erwiderte ich und schenkte ihm eines meiner berühmten Lächeln – diesmal Nr. vier, das »ermutigende«. »Und jetzt halt still.«

Ethan seufzte und legte sich wieder zurück, während glühend weißer Stahl auf das Deck des Raumschiffes tropfte. Ich hielt die Luft an, um den beißenden Rauch nicht einzuatmen, und versuchte noch schneller zu machen.

Draußen war die Luft plötzlich von einem entsetzlich zischenden Geräusch erfüllt. Entweder hatte jemand einen sehr großen Wasserkessel aufgesetzt oder der Meteor trat in die Erdatmosphäre ein.

Piep. Piep. Piep.

Ich bemerkte einen funktionierenden Radarschirm an dem Kontrollbord neben mir. Ich weiß nicht genau, wie man diese Dinger liest, aber ich habe »Star Trek« gesehen. Wenn ein ziemlich großer, sich bewegender Punkt ständig auf den Mittelpunkt des Monitors zukommt, bedeutet das, dass du gleich in Stücke gerissen wirst.

Der Meteor näherte sich rapide der Erde. Ich wusste, wenn er einschlug, würde er einen Krater von einer halben Meile Durchmesser verursachen. Selbst wenn ich Ethan jetzt zurückließ, gab es keine Möglichkeit, zu Fuß zu entkommen. Und ich bezweifelte, dass da draußen praktischerweise ein Motorrad herumliegen würde. »So darf es einfach nicht sein«, stöhnte ich und kämpfte gegen Tränen an. »Wir sind doch die Guten. Wir müssen einfach überleben!«

»Vielleicht wird das hier enden wie in den Comics«, meinte Ethan hoffnungsvoll. »Wie als Doomsday in Heft Nummer fünfundsiebzig Superman umgebracht hat. Wir werden gar nicht in Wirklichkeit sterben – wir kommen ein paar Monate später wieder zurück, und zwar mit noch cooleren Kostümen.«

Nur Ethan konnte in einem solchen Moment noch an Comics denken. Ich schnaubte und schenkte ihm meinen besten »Das kann doch wohl nicht dein Ernst sein«-Blick. »Ethan«, erwiderte ich, »sag einfach Nein zu Drogen.«

»Okay, vielleicht ist es etwas weit hergeholt«, gab er zu. »Aber manchmal sind die Dinge gar nicht so, wie sie zu sein scheinen. Vielleicht gibt es doch noch einen Ausweg.«

»Einen, der bedeutet nicht pulverisiert zu werden?«, fragte ich zweifelnd.

»Fast geschafft«, stieß ich kurz darauf hervor und hustete wegen des öligen Qualms.

Draußen hatte sich das Geräusch des Meteors zu einem zischenden, hohen Kreischen entwickelt, wie eine gigantische Leuchtrakete, die gleich explodieren würde. Es klang zwar immer noch relativ weit weg, doch ich musste leider immer noch einige Kleinigkeiten erledigen. Wie zum Beispiel, Ethan zu befreien.

Mit einem Knall brach die Stange schließlich entzwei. Ich zog an der einen Hälfte und drehte sie aus ihrem Sockel. Sie fiel mit einem lauten Scheppern zu Boden.

»Du hast es geschafft«, stellte Ethan voller Erstaunen fest.

»Komm schon!«, schrie ich und reichte ihm meine Hand.

Wackelig schaffte er es, auf die Beine zu kommen. »Sie sind nicht gebrochen«, verkündete er voller Erleichterung.

»Sie werden es aber bald sein, wenn wir nicht schleunigst von hier wegkommen!«, schrie ich.

Wir rannten – na ja, ich rannte und Ethan humpelte – zum Ausstieg des Raumschiffs.

Was wir draußen sahen, ließ uns wie versteinert stehen bleiben.

Der Meteor war ein riesiger Feuerball direkt über uns und füllte den halben Himmel aus. Er war so nah, dass man meinte ihn berühren zu können. Ich konnte jeden Spalt auf seiner Oberfläche erkennen, grüne Flammen rasten um die rissige Oberfläche, kleine Stückchen lösten sich bereits daraus, während er auf die Erde zustürzte. Glühende Hitze strahlte bereits auf uns herunter wie von den Spiralen eines überdimensionalen Toasters und zwang uns ins Wrack zurückzuweichen.

Wenn wir schon über lebensgefährliche Situationen sprechen . . . Diese war näher daran, als ich es jemals wollte.

»Ich würde sagen, einfach nur zu rennen steht nicht zur Debatte«, witzelte Ethan schwach.

»Was sollen wir denn nur tun?«, fragte ich.

»Tja, mal sehen. Wir können uns von einem Meteor zerquetschen lassen . . . oder wir könnten einen Zeitsprung machen«, sagte er bittend.

Ich musste voll aufgeladen sein für einen Zeitsprung und ich war völlig ausgelaugt. Wenn Ethan nicht in einer so aussichtslosen Situation gewesen wäre, hätte ich niemals meine ganze Energie aufgebraucht, um ihn freizuschneiden. Jetzt, nachdem ich mich allein mit meiner Willenskraft durch eine Tonne Stahl geschnitten hatte, war ich zu erschöpft, um irgendetwas

anderes tun zu können, als die Panik zu bekommen.
»Ich bin zu erledigt«, jammerte ich. »Ich habe die Energie nicht.«
»Toni«, erwiderte er. »Ich weiß, dass du viel durchgemacht hast. Aber weißt du, was? Wir sind tatsächlich die Guten. Wir werden überleben. Du schaffst es.«
»Nnnein, ich kann nicht«, stammelte ich.
Piep. Piep. Piep!
Ich blickte zum Radarschirm. Der flammende grüne Punkt war fast in der Mitte des Schirms angelangt. Das ohrenbetäubende Dröhnen draußen klang wie »Metallica« auf Drogen.
»Oh doch, du kannst, Toni«, fuhr Ethan entschieden fort. Er nahm meine Hände. »Du musst uns ja nicht weit wegbringen. Nur weg von hier.«
Du hast leicht reden, dachte ich. Aber er hatte ja Recht. Ich musste es versuchen.
Ich biss mir auf die Lippen, versuchte mich zu konzentrieren. Zuerst war da nichts. Dann spürte ich das vertraute Kribbeln in meinen Bauch, wie es sich bis zu meinem Rückgrat hocharbeitete, meine Arme hinunter ...
Ich blickte auf den Radarschirm. Das grüne Licht blinkte wie wild.
Pieppieppieppieppiep!

Wir würden es nicht schaffen. Es war nicht mehr genug Zeit.

Ich schrie.

Ethan schrie.

Und alles wurde schwarz.

2. KAPITEL

»Denise? Kannst du mich hören, Liebes? Denise?«

Die eigenartige Stimme der Frau rief irgendjemandes Namen, aber irgendwie wusste ich, sie meinte mich.

»Denise«, rief sie wieder. »Denise, Liebes. Mein Baby. Wach auf!«

Wenn du willst, dass Denise aufwacht, hätte ich am liebsten gesagt, dann such doch Denise und sag es ihr.

Aber irgendetwas zu sagen hätte bedeutet, dass ich selbst aufwachen müsste, und ich war ziemlich sicher, dass ich noch mindestens drei Stunden Schlaf benötigte. Also ließ ich meinen Mund – und meine Augen – geschlossen.

»Denise«, flüsterte die Frauenstimme erneut, so nah an meinem Ohr, dass ich den warmen Atem spüren konnte. »Bitte mein Schatz. Wach für Mommy auf.«

Sie legte ihre Hände auf meine Schultern und schüttelte mich leicht hin und her.
Das war's! Ein perfekter Nachtschlaf oder – wie ich merkte, sobald meine Augen mit dem grellen Sonnenlicht Bekanntschaft machten – perfektes Nachmittagsschläfchen war ruiniert.
Ich schlafe gerne. Ich freue mich darauf. Es ist eine der wenigen Zeiten, wo du weißt, dass jedes Outfit, das du trägst, das richtige ist. Mein ultimatives Ziel an Lebensstil beinhaltet sechzehn Stunden Schlaf pro Tag und während der verbleibenden acht verwöhnt zu werden. Also kannst du dir vorstellen, wie sehr ich diese Unterbrechung meines Schönheitsschlafes ablehnte.
Die Frau an meiner Seite war eine untersetzte Afroamerikanerin mit großen, wässrigen braunen Augen. Ich war drauf und dran, der guten Frau die Meinung zu sagen, als ich ihren Gesichtsausdruck bemerkte – tief besorgt. Irgendwie kannte mich diese Person oder dachte zumindest, sie kenne mich. Ihr Mann stand an ihrer Seite (er gehörte zu der Art von Mann, die einem das Wort Ehemann nur so entgegenschreit), hielt ihre Hand und sah gleichermaßen besorgt aus. Er war groß und kahlköpfig, mit einem Schnurrbart und Brille.
»Sieh doch!«, rief der Mann in einem Flüsterton aus,

den Leute anwenden, wenn sie aufgeregt sind, sich aber an einem Ort befinden, wo sie das nicht zeigen sollen, wie eine Beerdigung oder eine Hochzeit. »Sie wacht auf!«

Vielleicht kannte ich sie ja doch. Vielleicht war die Frau eine entfernte Tante oder die Mutter einer Freundin. Ich beschloss ihr noch eine Chance zu geben und sah sie mir genauer an.

Nein! Wenn sie glaubte mich zu kennen, war sie definitiv geistig verwirrt. Ich hatte sie noch nie in meinem Leben gesehen.

Es gab andere Dinge, die mir ebenfalls Sorgen machten. Was war das für ein Geruch? Ich hatte ihn vorher schon einmal gerochen. Eine Art scharfer, chemischer Geruch, vielleicht ein Antiseptikum, die Art von Dingen, die man ...

»Du bist im Krankenhaus«, sagte der Ehemann.

... in einem Krankenhaus fand man diese Dinge, genau.

Moment mal! Was machte ich in einem Krankenhaus? Wer waren diese Leute? Was war mit mir passiert?

»Du hattest einen Unfall, mein Spatzi«, sagte die Frau zu mir.

Das ist ja sehr beruhigend, Mrs Plumpudding, hätte ich am liebsten zu ihr gesagt. Stattdessen bekam ich nur etwas heraus, was nach einer kaputten Modelleisenbahn

klang. »Wweeee . . .?«, fragte ich. »Wwwweee . . . wwwweee . . .«
»Denise, alles wird gut«, fuhr der Mann fort. »Daddy ist ja da.«
Das reichte. Man konnte mich in ein Krankenhaus stecken und auch gegen meinen Willen zu einem Schläfchen zwingen. Aber ich kannte schließlich meinen eigenen Vater. »Wer sind Sie denn um Himmels willen?«, fragte ich und wedelte mit den Händen in der Luft. »Was machen Sie hier? Und warum nennen Sie mich ständig Denise?« An meinen Händen war etwas ganz eigenartig. Sie sahen aus wie zwei riesige Q-tips, völlig mit dichtem Baumwollgaze überzogen. »Was haben Sie mit meinen Händen gemacht?«, jammerte ich. Einzelheiten der letzten Ereignisse fielen mir plötzlich ein. »Und wo ist Ethan?«
In diesem Augenblick kam ein blonder Mann mit einem Bart und einem Krankenhauskittel ins Zimmer. »Ich brauche die Patientin allein«, erklärte er.
Mr und Mrs Plumpudding standen da und sahen ihn enttäuscht an. »Aber wir wollen mit unserer Tochter sprechen«, protestierte die Frau.
Dann geht und sucht eure Tochter und sprecht mit ihr, wollte ich sagen. Aber das musste ich nicht, denn einen Augenblick später hatte der Doktor sie bereits

aus der Tür geschoben. Ich mochte ihn auf Anhieb. Er hatte ein nettes Lächeln.

»Hallo, junges Fräulein. Mein Name ist Dr. Bannister«, stellte er sich vor und strahlte mich mit perlweißen Zähnen an. »Ich freue mich zu sehen, dass du wach und aktiv bist. Du hattest ziemliches Glück.«

Du weißt ja nicht mal die Hälfte davon, dachte ich und erinnerte mich an meine nahe Bekanntschaft mit der flammenwerfenden Art. Aber ich spielte mit. »Ach ja?«, fragte ich und machte Augen so groß wie Untertassen.

»Aber ganz sicher!«, erwiderte er. »Erinnerst du dich, was geschehen ist?«

Ich schüttelte meinen Kopf zu einem Nein.

»Nun«, fuhr er fort. »Der Sturm, der letzte Woche Santa Monica heimsuchte, hat einen Strommast vor deinem Haus umstürzen lassen. Nach dem, was deine Brüder«, er blickte auf seine Unterlagen – »die Zwillinge Ron und Eric aussagen, hast du den Draht aufgenommen, ohne dir Gedanken darüber zu machen, dass er unter Strom stehen könnte.«

Ich hätte fast laut aufgelacht. Zwillingsbrüder? Wenn ich irgendwelche Geschwister hätte, würde ich mich doch ganz bestimmt daran erinnern. Und besonders an den Teil, in dem wir nach Kalifornien gezogen waren. Und wer wäre blöde genug nach einem Sturm eine Stromleitung anzufassen?

Wenn Dr. Bannister meinen amüsierten Gesichtsausdruck registrierte, ließ er es sich zumindest nicht anmerken. »Zu deinem Glück, Miss Butler, schleuderte der Stromschlag dich zurück!«, fuhr er fort. »Andernfalls hätte die Sache sehr ernst werden können. Abgesehen von den Verbrennungen an den Händen gibt es keine weiteren Verletzungen.«

Ich konnte mich nicht mehr zurückhalten. Ich kicherte. »Doktor«, sagte ich zu ihm. »Ich weiß nicht, wessen Krankenakte Sie da haben, aber meine ist es jedenfalls nicht.«

Das Lächeln des Doktors verwandelte sich in ein Stirnrunzeln. »Du meinst, du erinnerst dich an nichts mehr?«, fragte er, zog eine winzige Taschenlampe aus seiner Tasche und knipste sie an.

»Hören Sie«, erklärte ich ihm. »Bestimmt passiert so etwas öfter. Vielleicht hat es etwas zu tun mit diesem komischen Ehepaar, das gerade . . . heh!«

Bevor ich zu Ende reden konnte, hatte der Doktor mein linkes Augenlid hochgezogen und leuchtete mir mit seiner Minitaschenlampe ins Auge. Dann machte er das Gleiche bei meinem rechten Auge. »Hmm«, sagte er und biss sich auf die Lippen. Er knipste seine Taschenlampe wieder aus. »Retrograde Amnesie. Das hatte ich schon befürchtet.«

»Amnesie!«, rief ich aus. »Das ist absurd.«

»Oh, ich fürchte, es ist ein äußerst ernst zu nehmendes Problem«, sagte er bedächtig. »Besonders in Fällen von Elektroschock.«

»Aber Amnesie . . . das bedeutet Gedächtnisverlust, oder?«

»Das ist richtig.«

»Tja, ich habe mein Gedächtnis nicht verloren. Ich weiß genau, wer ich bin. Ich bin . . .«

»Denise«, unterbrach er mich sanft. »Du hast ein sehr traumatisches Erlebnis gehabt.«

Wenn mich noch mal irgendjemand Denise nennen würde, würde ich anfangen zu schreien. »Also, erstens, mein Name ist Toni Douglas«, zischte ich ihn an, »nicht Denise, auch nicht Miss Butler. Und ganz bestimmt nicht Spatzi. Zweitens, ich habe keine Brüder namens Eric oder Don oder Ron oder Jon oder wie auch immer. Drittens, bin ich nicht aus Santa Monica. Ich komme aus Wisconsin. Ich war niemals in Kali. . .«

Das Wort blieb mir im Halse stecken, als ich zum großen Fenster zu meiner Rechten blickte. Draußen schwang eine hohe Palme leicht im Wind. In der Ferne, gerade noch sichtbar durch die tropischen grünen Palmwedel schimmerte der Pazifische Ozean wie ein funkelndes graugrünes Juwel unter einem blauen Himmel.

». . .fornien«, beendete ich meinen Satz mit offenem Mund.
Dr. Bannisters Stirnrunzeln vertiefte sich. »Die Sache ist ernster, als ich dachte«, murrte er.
»Sie meinen, Sie glauben mir nicht?«, fragte ich überrascht.
Die Antwort stand ihm im Gesicht geschrieben: Nein, ich denke, du bist völlig übergeschnappt! Ich merkte plötzlich, dass ich möglicherweise ein Problem hatte.
»Hören Sie«, bat ich, während der Doktor mir den Rücken zuwandte. »Ich sage Ihnen die Wahrheit. Alles, was Sie tun müssen, ist meinen Vater anzurufen. Sein Name ist Joseph Douglas. Er ist Psychologe in Metier, Wisconsin. Er wird Ihnen sagen, wer ich bin. Seine Büronummer ist: Sechs, null, acht, sieben . . . sechs . . . ddrrrr . . .«
Ich fühlte mich mit einem Mal total schwindelig. Irgendetwas stimmt nicht, warnte mich mein Gehirn.
»Drrrei. . .«, stieß ich hervor. Meine Zunge fühlte sich dick an.
»Entspann dich einfach, Denise«, erwiderte Dr. Bannister. Er drehte sich um und lächelte mich an. Seine strahlend weißen Zähne sahen verschwommen aus.
Was habe ich Ihnen gerade erklärt?, wollte ich sagen, aber es kamen keine Worte.
Ich blinzelte, versuchte etwas sehen zu können und

bemerkte, dass der Doktor eine Spritze aus einem winzigen Gummischlauch zog, der zu einer Plastiktüte gehörte, in die klare Flüssigkeit tropfte. Warum spritzt er etwas in diesen Schlauch?, fragte ich mich noch.

Dann wurde mir klar, dass der winzige Schlauch geradewegs von der Tüte zu einer Bandage in meiner linken Armbeuge verlief. Es war eine Infusion! Ich wurde unter Drogen gesetzt!

»Nnnein . . .«, protestierte ich und versuchte mich aufzusetzen.

Das Zimmer begann sich zu drehen. Dr. Bannister streckte die Hand aus und legte sie auf meine Schulter. Sie fühlte sich an, als wöge sie tausend Pfund. »Es wird alles wieder gut werden«, versicherte er mir, als ich zurück auf die Matratze fiel. Sie war inzwischen drei Meter tief geworden.

»Nnniiichtttt. . .«

Bewusstlosigkeit umfing mich.

3. KAPITEL

Es war Nacht. Die Omegas jagten uns. Mindestens zwanzig von ihnen, in Vierergruppen. Ich konnte auf dem weiten Betongelände, auf dem wir uns befanden, keinen Ort entdecken, wo wir uns verstecken konnten, nichts außer diesem eigenartigen schwarzen Kegel, der plötzlich aus der Düsternis auftauchte wie ein Eisberg im Nebel. Glücklicherweise entdeckten wir einen Spalt von ungefähr fünfzig Zentimetern Breite zwischen dem Rand des Kegels und dem Boden. Alle sechs krochen wir unter das merkwürdige metallene Wigwam. Jack bildete – wie üblich – das Schlusslicht.

»Das war knapp«, flüsterte Ashley, sobald wir alle drin waren. »Einen Augenblick lang dachte ich, wir würden es nicht schaffen.«

»Wir sind noch nicht aus der Gefahrenzone«, erwiderte Ethan. Seine Beine waren bandagiert. »Hört mal.« Wir hörten draußen die Schritte der Omegas, als sie das Gelände absuchten.

»Wir müssen uns einfach entspannen«, sagte ich zu ihnen. »Alles wird gut werden.«

»Ja, alles wird gut werden«, rief Todd, »aber nur, wenn du uns hier wegbringst.«

»Was meinst du?«, fragte Ethan.

»Seht doch!«, rief Todd und deutete auf ein flaches Metallschild auf der Innenseite unserer Hütte.

Darauf waren die Worte eingraviert: »NASA – Abgasschacht No. 145d24E«. Wir befanden uns unterhalb des Raumschiffes!

»Rrrrrrrrrrr!«

»Was ist das für ein Geräusch?«, fragte Ashley.

Wir hörten es alle: ein leises, tiefes Rumpeln, als ob eine Lawine auf uns zudonnere. »Jacks Magen?«, machte ich einen Vorschlag.

»Nicht sehr lustig«, erwiderte Jack. »Aber wenn du etwas noch weniger Lustiges hören möchtest: Ich glaube, dieses Ding wird gleich abheben!«

»Das ist definitiv nicht lustig«, warf Todd ein.

»Wir müssen hier raus!«, rief Elena.

»Das geht nicht – die Omegas sind überall«, erwiderte Ashley.

»Wir haben nur eine einzige Hoffnung«, sagte Ethan

und drehte sich zu mir. »Toni, kannst du uns hier rausbringen? Kannst du einen Zeitsprung mit uns machen?«

Ich blickte in ihre verzweifelten Gesichter. »Klar«, antwortete ich. »Das kann ich.«

Wir gaben uns die Hände und standen in einem Kreis. Ich konzentrierte mich und wartete auf das Kribbeln. Aber es kam nicht. Ich kniff meine Augen fest zu. Immer noch nichts.

»Wird bald irgendetwas passieren?«, murrte Jack.

»Scht!«, sagte Ashley.

Ich versuchte meine Kräfte zu sammeln, aber ich konnte mich nicht konzentrieren. Das Rumpeln war zu laut.

»Konzentriere dich!«, drängte Ethan. »Du kannst es!«

»Du täuschst dich«, rief ich. »Ich kann es nicht!«

Die Rakete hörte sich nun an wie ein Güterzug über unseren Köpfen. Es würde jetzt nicht mehr lange dauern. Ich zitterte vor Furcht und Anstrengung, Schweiß stand auf meiner Stirn. Aber ich war blockiert. Ich schaffte es nicht.

»Denise!«, rief Ethan. »Komm schon, Denise!«

Denise?

Jemand schüttelte mich. »Denise«, sagte die Stimme, »komm schon, Spatzi, wach auf.«

Ich öffnete meine Augen zu einem wahrhaft erschreckenden Anblick: Ich war wieder einmal umgeben von Mr und Mrs Plumpudding. Und wenn ich nicht ganz viel Glück hatte, würden sie den Vormittag damit verbringen, mich davon zu überzeugen, dass ich ihre Tochter war. Ich schloss erneut die Augen und versuchte wieder zurück unter den Auspuffschacht zu kommen, aber es war sinnlos. Ich war wach.

Ich begann eine Theorie über meine unangenehme Lage aufzustellen.

Es war unmöglich, dass Mr und Mrs Butler ein anderes Mädchen mit ihrer Tochter verwechselten. Eine Million kleiner Dinge würden es verraten – die Augenfarbe, die Haarlänge, Sommersprossen, einfach alles.

Aber was, wenn ich in meiner Verzweiflung, Ethan und mich aus der Bahn des einschlagenden Meteors wegzubringen, irgendwie nicht nur einfach durch die Zeit, sondern auch tatsächlich in den Körper von Denise Butler gesprungen war? Es klang merkwürdig, aber in letzter Zeit waren eine Menge Dinge in meinem Leben passiert, die noch viel merkwürdiger waren. Verglichen damit, von Mutanten aus der Zukunft gejagt zu werden, war das Vertauschen des Körpers mit einem Mädchen meines Alters fast noch normal.

Und es machte auch durchaus Sinn. Deshalb waren die Butlers auch so sicher, dass ich ihre Tochter war. Deshalb war Dr. Bannister so sicher, dass ich unter Amnesie litt. Er hatte nicht die Krankenakten vertauscht – ich hatte die Körper vertauscht!

»Wir sind hier, um dir bei deiner Genesung behilflich zu sein«, sagte Mr Butler laut. »Sieh nur, wen wir mitgebracht haben!«

Hinter ihnen standen zwei der süßesten Jungs, die ich je gesehen hatte. Mein Herz machte einen kleinen Sprung. Nette Abwechslung!, dachte ich hoffnungsvoll.

»Es sind deine Brüder, Eric und Ron!«, rief Mrs Butler aus.

»Hallo Schwesterchen«, sagten sie wie aus einem Munde.

Wie bitte? Meine Brüder?

»Eric hat es bis ins Viertelfinale der Landesausscheidung geschafft«, sagte Mr Butler, »doch sobald er gehört hatte, dass du aufgewacht bist, hat er sein Surfboard weggelegt, sich Ron geschnappt, ist ins Auto gestiegen und hierher gefahren.«

»Tja, nicht sofort«, warf Ron ein. »Wir haben uns die Zeit genommen, vorher noch zu duschen.«

Jungs, die nicht nur surften, sondern auch noch auf ausreichende Hygiene achteten? Und ich konnte nicht einmal mit ihnen flirten? Sollten denn meine Qualen nie enden?

»Alles für das Nesthäkchen«, fuhr Eric fort und gab mir einen gespielten Stoß unters Kinn.

»Versprich mir nur eines«, warf Ron ein.

»Und das wäre?«, fragte ich.

»Von jetzt an benutze wie wir alle eine Steckdose, wenn du Strom brauchst.«

Alle schienen das unglaublich lustig zu finden. Ich versuchte ebenfalls ein Lachen zu Stande zu bringen, aber ich war abgelenkt, weil ich versuchte zu raten, welcher meiner beiden neuen »Geschwister« wohl besser küssen würde. Bisher führte Ron, aber das Rennen war noch lange nicht vorbei. Ich konnte es kaum erwarten, in meinen eigenen Körper zurückzukommen.

»Spatzi, der Doktor hat gesagt, dass du viel visuelle Stimulation brauchst, wenn sich der Zustand deines Gehirns verbessern soll«, sagte Mrs Butler.

»Seit wann hat das Nesthäkchen denn ein Gehirn?«, fragte Eric.

»Der Weihnachtsmann muss heuer schon früher gekommen sein«, erwiderte Ron.

»Ha, ha, wie witzig.« Sahen sie denn nicht, dass ich krank war? »Nur weiter so.«

»Nun, wir dachten, wenn du irgendjemand von deinen Freunden aus der Schule sehen möchtest, sag es uns einfach und wir werden sie herbringen«, sagte Mrs Butler.

»Schatz.« Mr Butler legte einen Arm um die Schultern seiner Frau. »Sie leidet unter Amnesie. Wie soll sie uns sagen, welche Freunde sie sehen möchte?«

»Heh, bei Denises Freunden ist völlige Amnesie vielleicht nicht einmal so etwas Schlechtes«, witzelte Ron.

»Ja. Wie hieß dieser totale Volltrottel noch mal? Andy noch was?«, fragte Eric. »Wenn ich du wäre und das alles hier vorbei ist, würde ich trotzdem so tun, als ob ich ihn nicht kenne.«

Und so geht das mit Jungs immer – in einem Moment sind sie total süß und dann verwandeln sie sich innerhalb von zehn Sekunden in nervige Idioten. »Habt ihr Jungs nicht irgendeine Surf-Meisterschaft, zu der ihr dringend zurückmüsst?«, fragte ich.

»Zeig ihr das Fotoalbum«, sagte Mr Butler und stieß seine Frau mit dem Ellbogen an. »Vielleicht erkennt sie einige Gesichter.«

Ich stöhnte innerlich. Wenn es etwas Schlimmeres gab, als sich Fotos von Erwachsenen anzusehen, dann war es, sich Fotos von Erwachsenen anzusehen, die man nicht einmal kannte. Mrs Butler brachte ein Fotoalbum, das mindestens zwanzig Zentimeter dick war.

»Hier, mein Spatzi«, sagte sie und setzte sich auf den Bettrand. Sie öffnete das Buch auf der ersten zellophanbedeckten Seite. »Also ich weiß, wenn es etwas gibt, woran du dich erinnerst, dann sind es deine Freundinnen vom Wukkamunna Camp.«

Kann mich bitte nicht endlich jemand hier rausholen!

Um ihr den Gefallen zu tun, tat ich so, als ob ich mir das Foto wirklich ansähe. Es war das Bild von drei Mädchen, die vor einem Fluss standen und Rucksäcke trugen. Das erste Mädchen hatte eine Baseballkappe auf, unter der kleine blonde Locken hervorspitzten, die zweite war groß und trug ein T-Shirt mit Batikmuster und die dritte war ...

Ich hielt inne und blinzelte, unfähig zu glauben, was ich da sah.

»Spatzi ... Liebes, alles in Ordnung?«, fragte Mr Butler.

Ich hatte praktisch aufgehört zu atmen. »Oh, alles bestens«, antwortete ich. Aber das stimmte ganz und gar nicht. Ich konnte meine Augen nicht von dem Foto vor mir wenden.

Das dritte Mädchen war ich! Das war mein Gesicht, das da in die Kamera lächelte. Aber ich hatte die anderen beiden Mädchen nie vorher in meinem Leben gesehen! Ich blätterte wie verrückt durch die restlichen Seiten des Buches und spürte eine gewisse Panik in mir aufsteigen. »Immer mit der Ruhe, Spatzi«, sagte Mrs Butler lachend. »Niemand nimmt es dir weg.«

All die Fotos waren von mir. Wie ich in den Bergen Fahrrad fuhr. Wie ich unter einem Weihnachtsbaum saß. Wie ich für Halloween als Engel verkleidet war. Es war eine komplette fotografische Aufzeichnung meines Lebens – eine Lebens, an das ich mich nicht erinnerte.

Ich musste den Tatsachen ins Gesicht sehen. Vielleicht hatten diese Leute tatsächlich Recht. Vielleicht war dies meine richtige Familie und alles andere, was ich geglaubt hatte zu wissen, war nur eine Wahnvorstellung, eine Phantasie. Aber warum war mir alles so echt vorgekommen?

Ich wurde mir langsam bewusst, dass mich vier Augenpaare besorgt anstarrten. Ich zuckte zusammen und blickte hoch. »Alles in Ordnung?«, fragte Mrs Butler. »Du hast dich doch nicht über die Fotos aufgeregt, oder? Oh Jordan, ich hab dir ja gesagt, das ist keine gute Idee!«

»Nun komm, Schatz«, erwiderte Mr Butler, »vergiss nicht, was der Doktor gesagt hat . . .«

»Mir geht es gut«, stieß ich hervor, »ehrlich. Ich bin nur ein wenig verwirrt, das ist alles.«

»Kommt irgendwas zurück?«, fragte Mrs Butler.

»Manche Sachen fügen sich zusammen«, antwortete

ich. »Ich brauche nur ein wenig Ruhe . . .«, ich lächelte zu ihr auf und versuchte den riesigen Kloß zu schlucken, der sich in meiner Kehle gebildet hatte, ». . . Mom.«

4. KAPITEL

Der Rest des Nachmittags verging wie in einem Nebel. Ich kam mir vor wie ein Schauspieler, der in einem Stück gefangen war, wo jeder den Text kannte, außer ihm selbst. Während die Familie Butler um mich herum plauderte und scherzte, lachte ich mit, lächelte und nickte, aber die ganze Zeit war alles, was ich denken konnte, mir Möglichkeiten zu überlegen, um ein für alle Male zu beweisen, dass ich Toni Douglas war. Ob andere Leute mir glaubten oder nicht, war nicht mehr so wichtig.

Jetzt musste ich es mir selbst beweisen.

Unglücklicherweise konnte ich gar nichts beweisen, solange meine neu gefundene »Familie« hier herumhing. Und ich kann dir sagen, sie wussten, wie man herumhing. Um fünf Uhr war schließlich die Besuchszeit zu Ende. Sobald die Butlers draußen waren und

ich alleine war, versuchte ich etwas Alpha-Elektrizität hervorzurufen.
Ich streckte meine Hände aus. Konzentrierte mich. Aber es war sinnlos. Ich konnte nicht einmal einen einzigen Funken hervorrufen.
Vielleicht hatte es etwas mit den Bandagen zu tun. Nicht dass ich ein Elektriker wäre oder so was, aber dreißig Pfund Baumwollgaze schienen mir eine ziemlich gute Isolation.
Oder vielleicht hatte ich auch einfach nicht genügend Energie in mir aufgestaut. Das konnte ebenso gut der Fall sein. Ich war ziemlich erschöpft. Ich wusste nicht, welche Drogen der Arzt mir vorher gegeben hatte, aber ich hatte kaum die Energie, mich selbst im Bett aufzusetzen, geschweige denn ein Feuerwerk loszulassen.
Oder vielleicht, meldete sich eine kleine Stimme in meinem Hinterkopf, konntest du niemals irgendein Feuerwerk loslassen . . . Denise.
Wenn ich mich nur aufladen könnte, dachte ich hoffnungsvoll. Mein Blick wanderte durch den winzigen Raum auf der Suche nach einer möglichen Energiequelle.
Im Fernsehen waren die Zimmer in Krankenhäusern immer voll mit allen Arten von elektrischer Ausstattung, die piept und blinkt. Hier nicht. Die einzige

elektrische Ausstattung schien ein Fernsehapparat zu sein, der auf einem Regalbrett stand, das hoch oben in die Ecke montiert war. Aber vielleicht konnte ich ihn erreichen. Ich schlug meine Decke zurück und wollte gerade aus dem Bett steigen, als ...

»Hallოooo!«

Ich blickte auf und sah die Teenager-Version eines Baywatch-Verschnitts – blond, gebräunt, blauäugig starrte sie mich mit einem Plastiklächeln an. Sie stand in der Tür hinter einem riesigen vierrädrigen Wägelchen. Es war beladen mit Spielen, Spielkarten, Zeitschriften, Süßigkeiten, Malbüchern und einigen Brettspielen.

»Wer bist du denn?«, fragte ich und schlüpfte wieder unter meine Decke. Und erzähl mir bitte nicht, du wärst meine beste Freundin, betete ich im Stillen.

Das Mädchen fuhr ihr Wägelchen neben mein Bett. »Mein Name ist Jolene«, sagte sie und deutete auf ihr Namensschild. »Ich bin Candystriper.«

Ich hatte schon von Candystripern gehört – das waren junge Mädchen, die freiwillig in Krankenhäusern arbeiteten. Sie wurden auf Grund ihrer Uniform Candystriper genannt. Jolenes Uniform konnte ihre Kurven kaum verbergen – sie drängten sich geradezu unter der rot-weiß gestreiften Kleidung hervor.

»Und wie heißt du?«, fragte sie mich.

Da fragst du die Richtige, dachte ich schlecht gelaunt.
Jolene sah sich meine Karte an. »Dennis?«, las sie und runzelte die Stirn. »Das ist aber ein eigenartiger Name für ein Mädchen.«
»Eigentlich soll es wohl Denise heißen«, korrigierte ich sie.
»Oh . . . natürlich!«, rief Jolene aus und verdrehte die Augen. »Also, Denise, gibt es irgendetwas, womit ich deinen Tag verschönern kann?«
Beende ihn, hätte ich am liebsten gesagt.
Stattdessen spielten wir ein Brettspiel.
Wir hatten nur die Wahl zwischen Scrabble und Monopoly. Wir strichen Monopoly, weil es zu lange dauern würde, aber ich wusste nicht, ob ich wirklich mit Jolene Scrabble spielen sollte. Wenn du total in deinen Englischlehrer verliebt bist, wie ich es war, dann neigst du dazu, eine besondere Beziehung zu Wörterbüchern zu entwickeln. Ich kannte nicht nur jedes Wort im Lexikon, ich wusste auch, wie man jedes in einem Satz benutzte, der Mr Blanchard, die Liebe meines jungen Lebens, beschrieb.
Und bisher war Jolene mir nicht gerade wie der intellektuelle Typ vorgekommen.
Wie ich herausfand, war Jolene achtzehn, aber aus Gründen, über die sie nicht sprach, war sie immer noch in der zehnten Klasse. Ich versuchte natürlich

nachzuforschen, aber alles, was ich erfuhr, war, dass es etwas mit einem Jungen zu tun hatte, der ein Motorrad besaß und mit einer Reise nach Las Vegas. Was auch immer. Um ehrlich zu sein, nachdem ich fünf Minuten mit ihr gesprochen hatte, wunderte ich mich nicht mehr, warum man sie immer noch in der Zehnten behielt. Ich fragte mich eher, warum man sie überhaupt in die Zehnte hatte vorrücken lassen. Man könnte auch so sagen: Im Vergleich mit Jolene wirkte Stroh noch intelligent. Wenn es so in der Highschool sein wird, dachte ich, brauche ich mir um nichts Sorgen zu machen.

Jolene runzelte die Stirn und zog die Nase kraus, in tiefer Konzentration über die Scrabble-Buchstaben vor ihr brütend. »Ich weiß«, rief sie plötzlich aus und zog die Buchstaben H und I in die Mitte des Brettes. »Sieh mal!« Sie kicherte. »Es heißt Hi!«

Ich habe nichts hinzuzufügen.

»Wie viele Punkte bekomme ich?«, fragte sie aufgeregt.

»Tja, das sind vier für das H und einer für das I«, erwiderte ich. »Das wären dann . . .«

»Fünf?«, warf Jolene ein.

»Richtig. Ich bin dran.« Ich blickte auf meine Buchstaben. Einige gute Buchstaben, aber nur wenige Vokale. Hmm. Ich zog »ist« und »Mist« in Betracht, aber ich wusste, es gäbe noch etwas Besseres. Dann sah ich es.

Es war ziemlich schwierig, die kleinen Buchstaben mit meinen bandagierten Händen zu bewegen – wie ein Puzzle zu legen, während man dicke Handschuhe trägt, aber schließlich hatte ich die Stücke an Ort und Stelle. (Wenigstens hatte jemand die Infusion aus meinem Arm entfernt, sodass ich nicht noch damit herumhantieren musste »Shintoismus«, verkündete ich stolz, sobald alle Buchstaben an ihrem Platz waren.

Jolene starrte mich verständnislos an.

»Das ist eine Religion in Japan«, erklärte ich. »Wie in: ›Wenn Mr Blanchard in Tokio aufgewachsen wäre, könnte er an Shintoismus glauben‹.«

»Oh«, sagte Jolene und begann frustriert auszusehen. »Wie viele Punkte gibt das?«

»Fünfzehn für die Buchstaben«, erklärte ich ihr und rechnete im Kopf zusammen, »was noch mal verdoppelt wird, weil ich auf einem Feld für Wortprämien bin, plus fünfzig als Zusatzprämie, weil ich all meine Buchstaben benutzt habe. Damit sind wir bei achtzig für mich und fünf für dich.« Jetzt sah Jolene wirklich entsetzt aus, also fügte ich schnell hinzu: »Aber ich denke, man kann beim ersten Mal den Bonus nicht bekommen, also sind es eigentlich dreißig zu fünf.«

Da hellte sich ihr Gesicht wieder auf und sie begann

ihr nächstes Wort zu legen. »S-O«, sagte sie und legte die Buchstaben zusammen. »So.«

»Soldanelle«, entgegnete ich und legte wieder meine Buchstaben alle neben ihre. »Wenn Mr Blanchard mich heute besuchen käme, würde er mir einen Topf mit blühenden Soldanellen mitbringen.«

»E-R«, buchstabierte Jolene. »Und das R ist auf einem Feld für eine Buchstabenprämie. Also zählt das dreifach.«

»Reputation«, fuhr ich fort. »Mr Blanchard erfreut sich einer hervorragenden Reputation; und dafür bekomme ich den Zusatzbonus.«

Nach ungefähr einer Stunde Spiel hatten wir keine Buchstaben mehr. »Das ist das Ende des Spiels«, erklärte ich. Ich blickte auf das Ergebnis. »1.241 zu 28. »Das war ziemlich knapp«, fügte ich hinzu.

»Wow.« Jolene seufzte erschöpft. »Du bist wirklich klug.« Sie begann aufzustehen.

Trotz ihrer schwachen Fähigkeiten in Scrabble hatte Jolene etwas Liebenswertes an sich. Nachdem ich nun schon eine Weile eigentlich mit niemandem richtig hatte reden können, verspürte ich plötzlich den Drang, ihr etwas mehr zu erzählen. »Wenn du willst«, sagte ich, »erzähle ich dir ein Geheimnis.«

Ihre blauen Augen wurden groß. »Du hast ein Geheimnis?«, fragte sie und setzte sich wieder. »Was ist es?«

»Na ja . . . ich weiß nicht, ob ich es dir wirklich erzählen soll«, erwiderte ich. Das ist ein Trick, den ich im Sommercamp gelernt habe. Je mehr du dich zurückhältst, desto mehr möchte der andere wissen.

»Vertraust du mir nicht?«, erwiderte Jolene und sah fast beleidigt aus.

»Nein, das ist es nicht. Es ist nur so, dass es ein richtig großes Geheimnis ist«, erklärte ich, »und ich will nicht, dass irgendjemand sonst davon erfährt.«

»Du kannst mir vertrauen. Ich werde es niemandem erzählen. Ich verspreche es.«

»Also gut«, sagte ich zögernd. »Pass auf.«

Jolene beugte sich sichtlich aufgeregt vor. Ich wollte ihr die Wahrheit erzählen, wer ich war und woher ich kam. Aber ich wusste, wie verrückt meine Geschichte klang – ich musste ganz langsam anfangen. Trotzdem, wenn ich es geschickt anstellte, konnte sie mir vielleicht helfen die Wahrheit herauszufinden über das, was mit mir passierte. »Was wäre, wenn ich dir erzählen würde, dass ich von einem geheimen Regierungsexperiment weiß?«

»Ein Regierungsexperiment?«, wiederholte Jolene beeindruckt. »Was für eine Art Experiment denn?«

»Ein streng geheimes Experiment bezüglich menschlicher Mutation«, erwiderte ich. »Ein Programm, um genetisch eine neue Art von Mensch zu entwickeln.«

»Wow!«, rief Jolene beeindruckt aus. »Genau wie in ›Akte X‹.« Dann wurden ihre Augen schmal und sie sah mich skeptisch an. »Warte mal einen Moment. Woher solltest du etwas von einem Regierungsexperiment wissen? Du bist doch erst zwölf.«

»Dreizehn, um genau zu sein«, korrigierte ich sie. »Und ich weiß es, weil . . . meine Mutter darin verwickelt war.«

»Deine Mutter?« Jolene klang überrascht. »Aber sie sah so normal aus.«

»Mrs Butler?«, fragte ich. Jolene nickte. »Diese Frau ist wirklich normal«, erwiderte ich. »Aber sie ist auch nicht meine echte Mutter.«

»Was meinst du damit?«, fragte sie.

»Meine echte Mutter verschwand, als ich erst vier Jahre alt war.« Es fiel mir selbst jetzt schwer, über meine wunderschöne Mutter zu reden. Ich denke, Jolene musste die Gefühlsbewegung auf meinem Gesicht gesehen haben, denn plötzlich verwandelte sich ihr skeptischer Blick in einen Ausdruck des Mitgefühls.

»Erzähl weiter«, drängte sie mich. »Woher hast du von den Experimenten erfahren?«

Jetzt kam der schwierige Teil. Ich selbst hatte ja schon Probleme, die Dinge zu glauben, die mir seit meinem dreizehnten Geburtstag passiert waren. »Ich habe es herausgefunden, weil ich ein Teil des Ergebnisses dieses Experiments bin«, erklärte ich.

»Du bist was?«, fragte Jolene schockiert.

»Ich bin kein normaler Mensch. Ich bin ein genetisch konstruierter Mutant. Ich habe Kräfte, Fähigkeiten . . .« Ich hielt inne. Ich konnte ihrem Gesicht ablesen, dass sie mir nicht glaubte.

»Denise«, sagte sie sanft. »Hör mal. Du hattest eine Kopfverletzung, aber du wirst wieder gesund. Es gibt kein Regierungsexperiment. Du bist ein ganz normaler Mensch . . .«

»Willst du, dass ich es beweise?«, fragte ich.

Jolene unterdrückte ein Kichern. »Was beweisen? Dass du ein übermenschlicher Mutant bist?«

»Jolene, es ist mein völliger Ernst.«

Sie sah mich mit neuem Interesse an, die Art von Ausdruck, der sich bei mir selbst immer einstellt, wenn ich mir überlege, ob ich mir etwas Bestimmtes kaufen soll. »Du glaubst das wirklich, nicht wahr?«

»Das ist keine Frage des Glaubens oder nicht Glaubens. Ich kann es beweisen.«

»Wie willst du es denn beweisen?«, fragte sie. Sie tat so, als ob es ihr egal sei, aber ich merkte, sie brannte vor Neugierde. »Was willst du denn machen, über ein Haus springen?«

»Nein, so etwas kann ich nicht.« Ich blickte auf die dicken Bandagen an meinen Händen. Ich wusste bereits, dass ich meine elektrischen Fähigkeiten nicht beweisen konnte. Was sonst konnte ich tun?

Mein Blick ruhte auf dem Namensschild, das Jolene an ihrer Schürze trug. Das war es. »Ich brauche dein Namensschild«, sagte ich.

»Was?«, fragte sie misstrauisch. »Warum denn?«

»Gib es mir und ich werde es dir zeigen«, erwiderte ich.

Sie löste es zögernd. »Ich könnte in große Schwierigkeiten kommen, wenn irgendwas damit passiert, weißt du?«, murrte sie und gab es mir über das Scrabble-Brett hinweg.

»Also, jetzt pass auf«, sagte ich und bog die Nadel auf. Nachdem meine Hände bandagiert waren, wählte ich eine Stelle auf meinem Arm, von der ich hoffte, da würde es nicht zu sehr schmerzen. Ich bin ziemlich wehleidig. Als im letzten Jahr das Rote Kreuz zum jährlichen Blutspendetermin kam, wurde ich sogar ohnmächtig . . . und das bereits während ich nur die Broschüre las. Warum läuft es nur immer wieder ausgerechnet darauf hinaus?, fragte ich mich. Vielleicht konnte ich mal ein Foto von mir machen lassen, wie ich mich in den Finger stach und das dem nächsten Skeptiker zeigen. Doch es gab jetzt kein Zurück mehr. Ich biss mich auf die Lippen, hob die Nadel . . .

»Was tust du denn?«, rief Jolene mit aufgerissenen Augen. »Bist du verrückt, Denise?«
»Ich bin nicht Denise«, erwiderte ich, »und ich bin nicht verrückt. Pass auf.«
Aber in diesem Augenblick wurde die Tür zu meinem Zimmer geöffnet.
Jolene stieß einen kleinen Schrei aus. »Schwester Sills!«
Gibt es an deiner Schule eine Lehrerin, die gemein und hässlich ist und es zu genießen scheint, Kinder grundlos zu quälen? Tja, lass sie noch stinken und du hast Schwester Sills. »Was geht hier vor?«, wollte sie wissen, kam zu meinem Bett und schnappte sich das Namensschild aus meiner Hand.
»Es ist ihre Schuld«, kreischte Jolene sofort und deutete auf mich. »Sie sagt, sie sei eine Mutantin aus einem Regierungsexperiment und ihr Blut sei silbern.«
Warte mal einen Moment! Woher wusstest du, wie es weiterging, Jolene? Ich hatte dir noch nichts von meinem silbernen Blut erzählt!
»Es stimmt«, sagte ich jetzt zu Schwester Sills. »Stechen Sie mich und Sie werden es sehen.«
Schwester Sills machte ein Geräusch, das klang wie ein Kamel, das eine Menge Schleim im Rachen loswerden will. »Tja«, schnaubte sie, »das brauche ich ganz sicher nicht zu tun.«
»Aber mein Blut ist wirklich silbern«, versicherte ich.

»Ich habe dein Blut bereits gesehen, Kleine«, fuhr sie mich an. »Wir haben ein ganzes Röhrchen davon abgenommen und es ins Labor geschickt am selben Tag, als du auf der Station aufgenommen wurdest. Es hat die gleiche Farbe wie meines.«

Soll das heißen Grün?

»Aber . . . da muss ein Fehler unterlaufen sein . . .«, stotterte ich.

»Sieh doch selbst nach«, erwiderte sie und zog meinen linken Ärmel zurück, um das Pflaster in der Ellbeuge zu enthüllen, wo die Infusionnadel gesteckt hatte. Mit einer schnellen Bewegung zog Schwester Sills das Pflaster ab. Auf dem Gaze darunter war ein einziger Tropfen getrocknetes Blut.

Es war von einem tiefen, vollen Rot. Mir wurde schon allein vom Hinsehen schlecht.

Was geht hier vor, fragte ich mich. Wie kann mein Blut rot sein?

»Und jetzt reicht es mit deinen Albernheiten«, fuhr Schwester Sills fort. Sie holte eine kleine Plastiktasse mit ein paar blauen Pillen darin hervor. »Ich möchte, dass du diese Medikamente nimmst und dich etwas ausruhst.«

»Aber es ist erst sechs Uhr«, protestierte ich.

»Ich weiß genau, wie spät es ist, meine kleine Mutantenfreundin«, erwiderte sie bissig.

Nachdem Schwester Sills zugesehen hatte, wie ich die Pillen mit etwas Wasser geschluckt hatte, ging sie zum Fenster und zog die Jalousien herunter. »Und was dich betrifft, Jolene«, sagte sie zu der sichtlich eingeschüchterten Jolene. »Räum die Unordnung von Denises Bett und komm mit mir.«

Jolene gehorchte linkisch, legte das Scrabble-Brett auf das Nachtkästchen und fuhr dann ihr Wägelchen aus der Tür.

»Danke für das Spiel, Jolene«, rief ich ihr schwach nach.

»Schon recht«, erwiderte Jolene schnippisch und schlug die Tür hinter sich zu.

Nach einem Moment wurde die Tür wieder geöffnet und sie streckte den Kopf noch einmal herein. »Und ich wette, du hast all diese Wörter nur erfunden«, fügte sie wütend hinzu, kurz bevor ich in den Schlaf fiel.

5. KAPITEL

Meine Mutter blickte auf mich herab, ihr wunderschönes Gesicht war zu einem Stirnrunzeln verzogen. Ich lag immer noch in meinem Krankenhausbett und fühlte mich warm und sicher, aber irgendwie schien alles andere um mich herum weggeschmolzen zu sein.

»Toni«, flüsterte meine Mutter, »meine kleine Antonia, kannst du mich hören?«

Hast du schon einmal geträumt und gewusst, dass du träumst? Ich verstand, dass meine Mutter nicht wirklich da war, aber aus irgendeinem Grund war das egal. Soweit es mich betraf, war sie da und stand über mich gebeugt neben mir. Außerdem glaube ich, dass man mit Menschen, die man wirklich liebt, in seinen Träumen sprechen kann.

»Ich kann dich hören, Mutter«, erwiderte ich und blickte

in ihre großen kakaobraunen Augen. Ich konnte ihre Haut riechen – nach Lavendel, genau so, wie ich mich immer daran erinnert hatte. Plötzlich bemerkte ich, dass sie sehr besorgt aussah. »Was ist denn los?«, fragte ich.

»Ich habe versucht dich zu warnen . . .«, begann sie und hielt wieder inne. Sie sah mir in die Augen. Das hatte sie auch immer getan, als ich noch ein kleines Mädchen war, und mich mit einem Blick angesehen, den ich immer als »Laserblick« bezeichnet hatte, weil ihre Augen dann auf meine fixiert waren wie Laserstrahlen. Es war ein Blick, der für bestimmte kritische Momente reserviert war, wie damals, als ich den Hund mit Fingerfarben bemalt hatte oder als ich ihre Perlenohrringe an den Weihnachtsmann geschickt hatte. Er bedeutete: Fang lieber gleich an zu weinen oder du bekommst den Hintern versohlt.

»Nein, ich habe es nicht nur versucht, ich habe dich tatsächlich gewarnt«, korrigierte sie sich gereizt. »Aber anscheinend hast du mir nicht zugehört.«

Ich war in echten Schwierigkeiten. Ich hatte keine Ahnung, wovon sie sprach. Und sie zu fragen, was sie meinte, wäre der schlimmste Fehler. Ich fragte mich, ob man in einem Traum den Hintern versohlt bekommen konnte. »Es tut mir Leid«, flüsterte ich lammfromm. »Was immer ich auch getan habe«, wollte ich hinzufügen.

»Ich habe dich hinsichtlich der Gefahren des Zeitreisens gewarnt. Ich habe dir gesagt, dass deine Kräfte eine gefährliche Gabe seien«, sagte sie scharf. Oh, das also! »Erinnerst du dich, was ich dir sagte?«
Ich nickte ein Ja. Aber du kennst ja Eltern. Sie müssen immer weiter herumbohren.
»Verändere irgendetwas in der Vergangenheit, egal, wie klein es auch sein mag, und der Effekt wird sich über den Rest der Zeit hinweg fortsetzen und dabei immer größer werden. Es könnte etwas so Unwichtiges sein, wie eine winzige Fliege zu töten. Diese Fliege wächst nicht, um die Millionen von Nachkommen zu haben, die sie haben sollte. Ohne Insekten als Nahrung wird ein Schwarm Vögel verhungern. Und so setzt es sich fort in der Nahrungskette. Wer weiß, wo es endet? Gebäude mögen zusammenstürzen, Nationen fallen, Menschen sterben.«
Ich nahm schnell meine erprobteste Verteidigungshaltung ein – Jammern. »Aber Mom«, protestierte ich, »es ist ja nicht so, dass ich aus Spaß in der Zeit gesprungen bin . . .«
»Das ist keine Entschuldigung«, erwiderte sie. »Antonia, du musst deine Kräfte weise einsetzen. Du kannst dich nicht einfach in eine Ecke drängen lassen und jedes Mal deine Kräfte benutzen, um dich zu retten. Plane im Voraus und handle vorsichtig oder die Konse-

quenzen werden noch furchtbarer sein, als du dir vorstellen kannst.«
Ich hatte die Antwort schon auf meiner Zungenspitze, aber plötzlich war sie verschwunden.
Komisch – das Bett schien auch verschwunden zu sein. Jetzt schwebte ich über einer kahlen, öden Wüste, die ich dennoch wieder erkannte. Es war Metier, Wisconsin, vor etlichen Millionen Jahren.
Dies war die Stelle, wo das Reservoir der Stadt sein würde. Da war der Krater, wo der Meteor eingeschlagen hatte. Nur gut, dass ich mich per Zeitsprung von dort in Sicherheit gebracht hatte. Die Zeitmaschine war völlig zerstört durch die Wucht des Einschlags.
Und dort waren meine Freunde, vier winzige Pünktchen, die auf den Horizont zuliefen. Es würde bald dunkel werden. Sie suchten wahrscheinlich nach Nahrung, Feuerholz und einem Ort, wo sie es warm hätten. Ich schwebte auf sie zu, näher zu ihnen.
»Selbst wenn wir einen Schlafplatz finden, was dann?«, hörte ich Todd fragen. »Wie sollen wir jemals nach Metier zurückkommen?«
»Du bist in Metier«, erwiderte Jack. »Es ist nur ein wenig unterentwickelt im Augenblick.«
»Du weißt, was ich meine«, fuhr Todd ihn an.
»Wie sollen wir nur jemals zurück in unsere eigene Zeit kommen?«, wiederholte Ashley. »Die Zeitma-

schine wurde völlig vernichtet. Keiner von uns kann selbst in der Zeit springen. Das heißt, es gibt keine Hoffnung mehr.«

»Toni wird uns retten«, sagte Elena.

»Vorausgesetzt sie hat überlebt«, fügte Todd trübe hinzu.

»Oh, so wie ich Toni kenne«, sagte Ashley zuversichtlich, »hat sie überlebt.«

Kluges Mädchen, dachte ich.

»Und so, wie ich Toni kenne«, sagte Jack und wedelte mit der Hand, um eine Fliege zu verscheuchen, die um seinen Kopf surrte, »ist sie jetzt wahrscheinlich gerade in irgendeinem Einkaufszentrum.« Er zuckte mit den Schultern. »Und bei all den Einkäufen, die sie nachholen muss . . . tja, sagen wir einfach, es könnte ein Weilchen dauern, bis sie auftaucht.« Die Fliege landete auf seinem Nacken.

Ich spürte plötzlich, wie die Angst mich gleich einer eisigen Faust an der Kehle packte und zudrückte.

Die Fliege!

»Jack!«, rief ich, als es mir einfiel, »tu es nicht! Nein!« Aber es war zu spät. Er konnte mich nicht hören. Das Summen wurde plötzlich abgewürgt, als Jacks Hand ausholte und die Fliege platt machte.

Es gab einen Moment der Stille und einen Augenblick lang dachte ich, alles sei in Ordnung.

Dann begann das Donnern.

»Zeitbeben!«, schrie Ashley. »Lauft!«

Aber es gab nichts, wohin sie laufen konnten. Sie befanden sich in einer kahlen Wüste und nun gab der Boden unter ihnen nach, bröckelte unter ihren Füßen einfach weg. Gezackte schwarze Risse zeichneten sich auf der von der Sonne festgebackenen Erde ab, wie die Oberfläche eines Sees, der gefroren war und auftaute.

Voll hilflosem Entsetzen sah ich zu, wie die vier losrannten und in blinder Panik umherstolperten. Ich war gezwungen mit anzusehen, wie meine Freunde einer nach dem anderen in die riesigen Klüfte fielen, die sich im Boden auftaten.

Todd fiel zuerst, dann Ashley, dann Jack. Fort, fort, fort. Innerhalb von Sekunden.

Elena alleine schaffte es, sich am Rande des Spaltes festzuhalten. Ihre Hände fassten die Erde, verzweifelt versuchte sie sich hochzuziehen. Es nützte nichts. Nachdem die Erde so heftig bebte, konnte auch sie sich nicht mehr festhalten.

Im letzten Moment schaute sie hoch und ihre Augen blickten direkt in meine. Irgendwie konnte sie mich sehen!

»Toni!«, schrie sie über das donnernde Getöse hinweg. »Hilf uns! Du musst . . .«

Dann verschwand auch sie im Abgrund, ihre Schreie abgeschnitten von einer Lawine aus Stein und Staub.

Nur ein Traum ... nur ein Traum ...
Doch als ich aufwachte, bebte die Erde immer noch. Ich sah mich wie wild in meinem kleinen Krankenhauszimmer um. Der Infusionsständer kippte um. Das Fernsehgerät fiel von seinem kleinen Brett. Ein unangenehmer Geruch erfüllte den Raum. Ich versuchte aufzustehen, aber ich konnte es nicht. Während des Schlafs hatte man meine Arme und Beine an das Bett gebunden!
Als ich noch gegen meine Ledergurte ankämpfte, ebbte das Beben ab. Bald hatte es ganz aufgehört.
Einen Augenblick später kam Schwester Sills ins Zimmer gelaufen, um nach mir zu sehen. »Denise?«, rief sie. »Alles in Ordnung mit dir?«
»Sie müssen mich gehen lassen«, rief ich. »Ich muss meine Freunde retten, bevor sie irgendetwas in der Vergangenheit tun, was die ganze Zukunft zerstört!«
»Du redest Unsinn, Kleine«, rief Schwester Sills und trat einen Schritt vom Bett zurück.
»Hören Sie«, bat ich. »Ich weiß, wie es sich anhört, aber wir sind alle in Gefahr! Meine Freunde sind in der Zeit gefangen. Wenn sie irgendetwas verändern, egal, wie klein, könnte es einen Schneeballeffekt geben und uns alle töten!«

»Hör dich doch nur mal an«, sagte die Schwester. »Du redest Unsinn.«
»Unsinn?«, schrie ich. »Was Sie gerade gespürt haben war ein Zeitbeben. Und wenn Sie mich nicht endlich etwas dagegen tun lassen, werden diese Beben stärker und stärker werden, bis alles zerstört ist.«
Schwester Sills lachte. »Was du gerade erlebt hast, war ein Erdbeben«, korrigierte sie mich, »und das ist ganz und gar nicht ungewöhnlich in Südkalifornien. Wenn du endlich mit deinen Dummheiten aufhören würdest, Denise, dann würdest du dich daran erinnern. Und jetzt nimm deine Medizin.« Sie hielt eine weitere kleine Tasse mit blauen Pillen hoch.
»Mein Name ist nicht Denise!«, schrie ich und kämpfte gegen die Riemen an, die mich ans Bett fesselten. Schwester Sills würde mir nicht helfen – selbst wenn sie damit eigentlich ihr eigenes Leben rettete.
Es lag allein an mir, alles in Ordnung zu bringen – und ganz bestimmt brauchte ich dazu nicht noch mehr Drogen. Irgendwie schaffte ich es, ein Bein freizubekommen. Ich schlug so fest um mich wie ich konnte. Die Pillentasse flog davon.
»Pfleger!«, schrie Schwester Sills und rieb ihre schmerzende Hand. »Hilfe!«
Ich zerrte weiter an den Armfesseln. Es hatte keinen Sinn. Einen Augenblick später wurde die Tür aufgeris-

sen und Dr. Bannister kam herein, mit zwei Typen in weißen Hemden, die aussahen, als ob sie in ihrer Freizeit mit Stieren kämpften. »Haltet sie fest«, befahl er. Die beiden Typen kamen zum Bett und drückten mich nach unten. Ich spürte einen Nadelstich in meinem Arm und das Zimmer begann sich zu drehen ... schon wieder.

Der nächste Morgen begann schrecklich und wurde nur noch schlimmer.
Zuerst wachte ich auf und sah Schwester Sills bereits an meinem Bett stehen. Sie hatte einen Löffel und ein Glas mit orangefarbenem Mus in der Hand, das verdächtig nach Babybrei aussah, aber sie nannte es Frühstück. (Glaub mir, du weißt nicht, was das Wort Qual bedeutet, wenn du nicht zwangsgefüttert wirst von einer Frau, die den ersten Platz in dem Wettbewerb der Miss Hässlich einnehmen könnte.)
Und als ob das nicht schon schlimm genug gewesen wäre, kam Dr. Bannister herein, sobald Schwester Sills gegangen war. Er hatte ein breites Lächeln aufgesetzt und sagte: »Also. Wie geht es meiner Lieblingsamnesiepatientin?«
»Bestens«, erwiderte ich kühl. »Wenn man in Betracht zieht, dass ich mehr Leder trage als eine ganze Motorradgang.«

Dr. Bannisters Lächeln wich. »Das mit den Riemen tut mir Leid, Denise. Aber sie sind zu deinem eigenen Besten. Mir wurde berichtet, dass du gestern Abend versucht hast dich absichtlich selbst zu verletzen.«

»Ohh! Tätlicher Angriff mit einem tödlichen Namensschild. Rufen Sie doch gleich die Polizei!«

Dr. Bannister lächelte verlegen. »Eigentlich bin ich mit einigen guten Nachrichten hier. Ich denke, wir haben eine Antwort auf diese kleine Frage der falschen Identität.«

Und was ist deine kleine Diagnose?, hätte ich am liebsten geantwortet, aber ich tat es nicht. »Ach ja?«, sagte ich.

Er griff in seinen Krankenhauskittel und holte ein Taschenbuch hervor. Das Cover zeigte ein Mädchen vor dem Hintergrund des Raumschiffs der Aliens.

Moment mal. Ich sah genauer hin. Es gab keinen Zweifel. Das Mädchen auf dem Cover sah mir etwas ähnlich.

»Wwwwaas«, stotterte ich. »Was ist das?«

»Kommt es dir bekannt vor?«, fragte Dr. Bannister. »Es ist ›Alpha Kids‹ Nummer sechs. Von einem Autor namens Chris Archer. Ein bekanntes Taschenbuch, zweifellos, aber nur Erfindung.«

»Und?«, fragte ich.

Der Doktor begann vom Rückentext vorzulesen.

»Mein Name ist Toni Douglas. Ich bin ein Zeitenspringer . . .«

»Gibt es auch eine Pointe?«, unterbrach ich ihn unhöflich und versuchte gelassen zu klingen. Doch mein Verstand raste. Jemand hatte ein Buch über mich geschrieben? Wie war das möglich? Würde man mich für irgendwelche Jugendzeitschriften interviewen wollen?

»Wenn es noch keinen Sinn macht«, erwiderte der Doktor, »dann hab ich jemanden, der vielleicht ein paar Dinge aufklären könnte.«

Der Doktor ging zur Tür und gab jemand, der anscheinend im Flur wartete, ein Zeichen. Ein braunhaariger Mann trat ein. Er schien etwa im gleichen Alter zu sein wie Mr Blanchard, nur dass er nicht so gut aussah, dafür aber eine süße Brille trug. Er fummelte an einer ziemlich mitgenommen aussehenden Aktentasche aus Leder herum und strich sich nervös sein Haar zurück. War er irgendein anderer Arzt, vielleicht ein Spezialist für Amnesie oder so was?

»Hi, Denise.« Er lächelte. »Ich bin Chris Archer. Ich habe Toni Douglas erfunden.«

6. KAPITEL

Ich setzte mich in meinem Bett auf und betrachtete die neun Bücher, die Chris Archer mitgebracht hatte. Sie sahen aus wie irgendwelche anderen Bücher auch, die man als Serie finden konnte – alle hatten die gleiche Größe und Form. Aber ich war fasziniert.

Es ging darin um ... uns! Die Alpha Kids. Das war ich auf dem Umschlag von Buch Nummer sechs, das war Ashley auf dem Cover von Buch zwei, auf dessen Rückentext stand: »Mein Name ist Ashley Rose. Ich starb an meinem dreizehnten Geburtstag.« Auf Buch sieben war Ethan zu sehen. Die anderen waren natürlich auch alle da.

Wow, dachte ich, sehen wir im echten Leben auch so freakig aus?

»Toni ist einer meiner Lieblingscharaktere«, sagte Mr Archer gerade und hielt Buch sechs vor sich hoch. »Sie ist klug, sie ist lustig, sie ist originell ...«

Hör nicht auf, dachte ich.

»Und über ihre Kräfte zu schreiben macht viel Spaß. Verstehst du, sie kann Energie aus elektrischen Geräten abziehen und in ihrem Körper aufstauen. Später kann sie diese wie eine Waffe benutzen und Energiestöße abgeben. Sie kann sie sogar einsetzen, um . . .«

». . .durch die Zeit zu reisen«, beendete ich seinen Satz.

»Genau, genau«, sagte Mr Archer erfreut. »Also hast du Buch sechs gelesen.«

»Nein«, erwiderte ich. »Ich habe es gelebt.«

Mr Archer lachte auf. »Siehst du«, sagte er, »das ist genau das, was Toni auch sagen würde.« Er griff in seine Aktentasche und holte einen Stift und einen kleinen Block heraus. »Das muss ich mir aufschreiben.«

Wenn das kein Irrer war!

»Deine Mutter hat mir erzählt, dass du all diese Bücher zu Hause hast«, warf Dr. Bannister ein.

»Das ist unmöglich«, erwiderte ich. »Ich erinnere mich nicht an sie und ich erinnere mich sonst immer an alles, was ich gelesen habe.«

»Nun, du erinnerst dich auch nicht daran, Denise Butler zu sein«, erinnerte mich der Doktor, »aber deine Mutter und dein Vater sind sich ganz sicher. Also, pass auf, meine Theorie ist folgende: Ich denke, du warst ein großer Fan dieser Beta Kids . . .«

»Alpha«, korrigierte Chris Archer ihn. »Es sind die Alpha Kids.«

Dr. Bannister verdreht die Augen. »Tut mir Leid . . . Alpha Kids. Deine Mutter erzählte, du hättest diese Bücher geradezu verschlungen. Ich denke, du hast diese Protagonisten wirklich gemocht, dich mit ihnen identifiziert und sogar gewünscht, du wärst einer von ihnen. Eines Tages hattest du einen Unfall, der dich fast umgebracht hätte – diese Sache mit der Stromleitung –, und du hast eine Art Schock erlitten.«

Der Doktor beugte sich näher zu mir. »Dein Verstand, der verzweifelt nach einer Möglichkeit gesucht hat, mit diesem fürchterlichen Erlebnis des Unfalls zurechtzukommen, beschloss sich ein wenig Ferien zu gönnen. Er beschloss, dass er nicht mehr Denise Butler sein wollte. Du wolltest jemand sein, der stark und mächtig ist, jemand, der wusste, wie man mit einer Stromleitung umgeht. Wer wäre dazu besser geeignet, als das Power-Mädchen Toni Douglas? Also: Schwupps! Denise Butler verschwand. Deine Lieblingsprotagonistin der Serie, Toni Douglas, nahm ihren Platz ein. Als dann die Nachwirkungen des Stromschlages nachließen, dachte das Mädchen, das aufwachte, sie sei Toni Douglas und nicht Denise Butler. Aber das bedeutet nicht, dass Denise Butler nicht immer noch irgendwo da drin ist.«

Ich starrte ihn an, dann Chris Archer. Ich wusste nicht mehr, was ich glauben sollte. Ich blickte auf die Bücher in meinem Schoß. War es möglich, dass ich mir die ganze Sache nur eingebildet hatte? War es möglich, dass mein ganzes Leben, wie ich es kannte, in den Seiten eines Buches stattgefunden hatte – und ich in Wirklichkeit jemand anders war?

Dr. Bannister ging zur Tür. »Ich werde euch zwei jetzt alleine lassen ... um alles durchzusprechen«, sagte er im Gehen. »Ich bin sicher, du hast einige Fragen an deinen Lieblingsautor.«

Sobald er fort war, drehte ich mich zu Mr Archer um. »Sie müssen mir glauben«, sagte ich zu ihm. »Ich bin wirklich Toni Douglas. Ich habe nie diese Alpha-Kids-Bücher gelesen und ich komme tatsächlich aus Metier, Wisconsin.«

Er sah mich über seine Brille hinweg an. »Versuchen wir es doch einmal mit einem kleinen Experiment. Bist du bereit dazu?«

Neinnn! Zwei Sekunden allein mit dem Typen und er wurde schon zu Mr Wissenschaftler. »Klar«, erwiderte ich trotzdem und zuckte mit den Schultern, so gut ich das mit den Riemen konnte.

»Ich werde dir einen Auszug aus Buch sechs vorlesen. Sag mir, ob du irgendetwas daraus erkennst. Hört sich das akzeptabel an?«

»Ja«, erwiderte ich.

Mr Archer nahm das Buch auf und begann irgendwo zu lesen. ». . . und unser Englischlehrer, Mr Blanchard, wirklich süß ist. Heh, im Ernst. Er sieht aus wie Brad Pitt, nur dass er klüger ist. Ein ganzes Schuljahr lang habe ich mit dem Lexikon gelebt, geschlafen und geatmet, in der Hoffnung, Mr Blanchard würde mich bemerken. Das hat er nicht, aber ich habe die genaue Definition von 1.187 neuen Wörtern gelernt. Ich versuche sie von Zeit zu Zeit zu benutzen, als ein Tribut an das, was die große Liebe meines jungen Le. . .«

»Aufhören! Hören Sie auf!«, schrie ich und unterbrach ihn. »Woher wissen Sie davon? Es ist ja, als hätten Sie ein Fenster in meinen Kopf.«

»Ich schwöre dir, so ist es nicht«, sagte er und kratzte sich hinter dem Ohr. »Wenn es so wäre, hätte ich es um einiges einfacher, diese Bücher hier zu schreiben!« Er lachte über seinen eigenen lahmen Witz. »Nein, im Ernst, ich bekomme eine Menge Geld, um mir diese Sachen auszudenken. Es gibt in Wirklichkeit keine Alphas oder Omegas. Ethan, Ashley, Todd und besonders Toni – sie alle kommen von hier.« Er tippte sich gegen die Stirn. »Nicht von hier«, fügte er hinzu und tippte gegen meine Stirn.

Er musste an meinem Gesichtsausdruck gesehen

haben, dass ich skeptisch war, denn er griff in seine Aktentasche und zog ein großes Buch heraus. Es war ein Straßenatlas. »Der Doktor prophezeite mir schon, dass du schwer zu überzeugen sein würdest«, sagte er zu mir. »Also habe ich das hier auch noch mitgebracht.« Er öffnete den Atlas bei der Staatenkarte von Wisconsin. »Siehst du?«, sagte er. »Sieh selbst nach. Es gibt keinen Ort namens Metier, Wisconsin.«

»Wie bitte?«, fragte ich nach und blickte auf die Karte. In der Schule hatten wir Metier so oft auf der Karte suchen müssen, dass ich es praktisch mit verbundenen Augen konnte. Aber er hatte mich nicht angelogen. Es gab kein Metier. Es war nicht einmal in dem Register, das alle Orte und Städte aufführte.

Konnte es tatsächlich sein, dass dieser Mann all das erfunden hatte? »Aber es kommt mir so wirklich vor«, flüsterte ich, völlig verblüfft. »Alles. Das Einkaufszentrum. Die Schule. Mein Haus. Die Häuser meiner Freunde. Der Wald, wo ich von diesen Irren verfolgt wurde . . . ich erinnere mich an jedes Detail.«

Chris Archers Brille war seine Nase hinabgerutscht. Jetzt schob er sie mit zwei Fingern hoch. »Ich fühle mich geschmeichelt«, erwiderte er. »Es gibt kein größeres Kompliment für einen Schriftsteller, als ihm zu sagen, dass seine Welt so echt scheint, dass man das Gefühl hat, man könnte darin leben. Aber Denise, du lebst nicht in dieser Welt. Du lebst in unserer hier. Und du machst deine Eltern – und jeden um dich herum – sehr unglücklich mit deinem Verhalten.«

»Erzählen Sie es mir, wie es ausgeht«, forderte ich ihn da auf. »Sagen Sie mir, was im letzten Buch passiert.«

»Nun, um dir die Wahrheit zu sagen, das ist eine ziemlich schwierige Frage«, antwortete Chris Archer.

»Was meinen Sie damit?«

»Ich meine, dass ich es noch nicht weiß.« Er runzelte die Stirn. »Jeder will wissen, wie die Serie enden wird, und Tatsache ist, ich habe noch kein Ende. Es ist eine ziemlich schwierige Angelegenheit, wenn du es dir überlegst. Ich habe mich irgendwie in eine Sackgasse geschrieben. Erinnerst du dich, wie die Alpha Kids in Buch neun entdecken, dass das Ding, was all ihre Probleme verursacht hat, dieser geheimnisvolle Meteor war? Der auf die Erde stürzte und das Reservoir entstehen ließ?«

Ja, ich erinnerte mich daran, obwohl es laut meiner Erinnerung nicht in irgendeinem Buch neun passierte. Es passierte in Dr. Masons Labor – kurz nachdem die

Omegas uns alle fast entführt und getötet hatten. Aber ich kann nach einem Frühstück aus vegetarischem Brei nicht so lange diskutieren. Ich nickte nur schwach.

»Es ist das eigenartige Metall im Meteor, das Dr. Masons genetische Experimente zu einem Erfolg machte. Also ohne den Meteor gäbe es kein Regierungsprogramm und ohne Regierungsprogramm gäbe es keine Alphas und Omegas. Kannst du mir folgen oder gehe ich zu schnell für dich vor?«

»Ganz und gar nicht«, murrte ich. »Um genau zu sein, ich bin Ihnen weit voraus. Deshalb sind wir ja in der Zeit zurückgesprungen. Wir werden uns den Meteor holen und ihn weit weg in eine andere Zeit bringen, bevor die Regierung ihn für ihre ruchlosen Machenschaften benutzen kann.«

»Deshalb sind die Serienhelden in der Zeit zurückgesprungen«, korrigierte mich Mr Archer. Dann grinste er mich an. »›Ruchlose Machenschaften‹, ich finde, das hört sich gut an. Denkst du, Jugendliche deines Alters werden wissen, was ›ruchlose Machenschaften‹ bedeutet?«

Ich zuckte mit den Schultern. »Ich weiß es«, erwiderte ich.

»Sehr gut«.« Er schrieb die Worte auf seinen Notizblock. »Vielleicht benutze ich das in Buch zehn. Okay, zurück zu meinem Problem. Also, wie du sagst, die Alpha Kids beschließen in die Vergangenheit zu reisen und den Meteor loszuwerden.«

»Und was passiert dann?«, fragte ich nach. »Gelingt es ihnen?«

»Ich kann mich nicht entscheiden. Wenn sie den Meteor loswerden, dann verhindern sie die Experimente der Regierung und damit, dass die Omegas jemals geschaffen werden. Sie retten die Erde.«

»Für mich hört sich das gut an«, sagte ich und nickte. »Machen Sie so weiter.«

»Tja, aber wie ich schon sagte, das ist gleichzeitig mein Problem. Wenn sie die Experimente der Regierung verhindern, verhindern sie auch, dass ihre Eltern, die Alphas, geschaffen werden und dann gibt es auch keine Alpha Kids. Verstehst du, was ich meine?«

»Sie würden Selbstmord begehen«, sagte ich und merkte, wie mir ganz komisch wurde. »Sie würden sich selbst zerstören.«

»Vielleicht, vielleicht auch nicht. Wenn sie sich selbst eliminieren würden, dann hätten sie auch nicht da sein können, um den Meteor zu entfernen, oder? Also ist es vielleicht unmöglich, den Meteor zu zerstören. Es ist ein klassisches Paradoxon bei Zeitreisen: Was passiert, wenn du in der Zeit zurückgehst und deine

Eltern tötest, bevor sie dich bekommen konnten? Existierst du dann plötzlich nicht mehr? Verschwindest du im Nichts? Wenn es das ist, was mit den Alpha Kids passiert, sehe ich nicht, wie es ein glückliches Ende geben könnte.«

»Dann haben die Alpha Kids vielleicht doch keinen Erfolg«, meinte ich.

»Das heißt, die Erde wird zerstört und die Omegas regieren die Welt? Das ist ganz bestimmt kein glückliches Ende.«

»Tja ... das ist es nur dann, wenn du ein Omega bist«, erwiderte ich düster.

Chris Archer starrte mich einen Moment lang an. »Ich sag dir was, Denise«, seufzte er und stand auf. »Wenn dir ein gutes Ende einfällt, werde ich dir Buch zehn widmen.«

Ich war nie ein großer Fan von solchen Serien gewesen – du weißt schon, Animorphs oder wie sie genannt werden. Nach dem, was ich in den letzten Monaten durchgemacht hatte, würde ich so was ganz sicher nicht aus Spaß lesen. Aber er schien zu denken, er mache mir ein sehr großzügiges Angebot, also bemühte ich mich zu lächeln – und zwar mein bestes Lächeln, (Nr. elf – Typ dankbar). »Ich werde Ihnen Bescheid geben, wenn mir etwas einfällt«, versprach ich.

»Sehr schön, Denise, mach das. Gute Besserung! Und vergiss nicht . . . die besten Abenteuer finden in deinem eigenen Kopf statt.«
Und damit ging er.

7. KAPITEL

An diesem Abend blieb ich noch lange auf und blätterte die Alpha-Kids-Serie durch. (Wenn du glaubst, es sei schwer, mit bandagierten Händen Scrabble zu spielen, warte nur mal, bis du versuchst Seiten umzublättern. Das ist fast unmöglich.) Anfänglich war ich erstaunt, wie die Bücher jede Kleinigkeit meines Lebens eingefangen und in die Geschichte eingearbeitet hatten. Dann begann ich mich langsam zu fragen, ob es nicht andersherum gewesen war. Vielleicht hatte ich tatsächlich vorher diese Bücher gelesen. Vielleicht hatte ich mir tatsächlich nur vorgemacht, dass jedes kleine Detail wirklich ein Teil meines Lebens sei.
Es war fast Mitternacht, als ich die letzte Seite von Buch neun umblätterte. Ich las das Ende und warf das Buch dann seufzend auf den Stoß in meinem Schoß. Es war Zeit, den Tatsachen ins Gesicht zu sehen. Es

gab keine Toni Douglas. Mein Name war Denise Butler. Ich war ein Mädchen, das in Santa Monica, Kalifornien lebte, mit zwei älteren Brüdern und einem IQ, der niedrig genug war, dass ich eine Strom führende Leitung mit meinen bloßen Händen anfasste.

Ich nahm Buch sechs noch einmal auf. Jetzt, wo ich den Umschlag genauer ansah, konnte ich mich fast davon überzeugen, dass ich überhaupt nicht wie das dort gezeichnete Mädchen aussah. Klar, es gab Ähnlichkeiten, aber es gab auch große Unterschiede. Sie sah eindeutig nicht wie eine Afroamerikanerin aus.

Ich sah auf mein Spiegelbild im Fenster. Tja, ich mochte vielleicht dumm sein, aber zumindest war ich äußerst attraktiv. Ich meine, es war wirklich jammerschade, dass ich durchgeknallt war und alles, aber das Gute daran war, dass ich zumindest nicht von einer Horde lästiger Aliens gejagt wurde, meine Freunde nicht in der Vergangenheit gefangen waren und ich endlich mal wieder einen richtig netten Einkaufsbummel machen konnte, wenn ich das Mitleid bei meinen Eltern richtig ausspielte.

Hmm. Ich würde mich an die Idee gewöhnen müssen, dass ich zwei lebende Elternteile hatte. Und das bedeutete wohl, dass die wunderschöne Frau, die ich in Gedanken immer als meine Mutter gesehen hatte, in Wirklichkeit gar nicht meine Mutter war. Bei dem

Gedanken, sie aufgeben zu müssen, merkte ich, wie mir ein Kloß in den Hals stieg. Wie konnte ich Denise Butler sein, fragte ich mich, wenn Toni Douglas so echt zu sein schien? War ich dabei, verrückt zu werden?

In diesem Augenblick gingen plötzlich die Lichter aus. Konnte es ein anderes Zeitbeben ... ähm, Erdbeben sein? Ich machte mich auf das Rumpeln und Donnern gefasst, aber es kam nicht. Dann hörte ich, wie in der Dunkelheit meine Tür geöffnet wurde und jemand sich durchs Zimmer schlich.

So festgebunden, wie ich war, hatte ich keine Möglichkeit, mich zu wehren. Konnte es ein Omega sein? Oder, ähm, ein Krankenhausdieb? Bevor ich noch schreien oder irgendeinen Lärm machen konnte, legte der Eindringling eine Hand über meinen Mund.

Zu meiner völligen Überraschung war es eine Mädchenhand. »Ich bin hier, um dir zu helfen«, flüsterte das fremde Mädchen. »Hör mir zu: Du bist nicht verrückt. Du bist wirklich Toni Douglas.«

Wenn du mich fragst, eine Fremde, die sich mitten in der Nacht in dein Zimmer schleicht und darauf besteht, dass du eine Serienheldin aus einem Jugendbuch bist, ist nicht unbedingt ein überzeugender Beweis, dass du nicht verrückt bist. Ich hätte ihr am liebsten gesagt, dass sie wieder in ihr eigenes Zimmer zurückkehren sollte – im Irrenhaus –, doch ihre Hand lag immer noch fest auf meinem Mund. »Alles und jeder um dich herum ist nur gespielt«, fuhr sie fort. »Der einzige Mensch, dem du vertrauen kannst . . . bist du selbst.« Ich nehme an, sie dachte, dass ich nicht schreien würde, denn sie nahm ihre Hand von meinem Mund. Ziemlich riskant, wenn du mich fragst.

»Und warum sollte ich dann dir vertrauen«, flüsterte ich in die rabenschwarze Dunkelheit. »Wer bist du und was machst du hier?«

Bevor das fremde Mädchen antworten konnte, hörten wir Schritte im Flur. »Schwester Sills«, flüsterte das Mädchen. »Ich muss mich verstecken.«

Sie raste um mein Bett. Und wie es sich anhörte, wäre sie dabei fast über mein Nachtkästchen gefallen. Ich hörte einige Scrabble-Buchstaben auf den Boden fallen, dann das Geräusch eines Vorhangs, der zugezogen wird, und dann . . .

. . . wurde die Tür aufgestoßen.

Schwester Sills' Umriss war in der Tür zu erkennen, sie starrte auf mich herab. Jetzt weiß ich, wie Frankensteins Monster aussehen würden, wenn sie beschließen würden in den Schwesternberuf zu wechseln. Ich erwartete eigentlich Schrauben in ihrem Hals zu entdecken.

»Was geht hier vor?«, bellte sie, als die Lichter mit ei-

nem leisen Summen wieder angingen. »Ich habe Stimmen gehört.«
»Stimmen?«, fragte ich unschuldig. Ich konnte in ziemliche Schwierigkeiten geraten, wenn sie meine versteckte Besucherin entdeckte, aber das war ein Risiko, das ich bereit war, einzugehen. Meine Besucherin hatte Informationen und Informationen waren genau das, was ich im Augenblick am meisten brauchte. Ich tat, als hätte ich auf einmal verstanden, wovon Schwester Sills sprach. »Oh! Ich glaube, ich weiß, was Sie meinen. Ich hatte einen Alptraum. Manchmal spreche ich im Traum.«
»Es war niemand hier?«, fragte sie stirnrunzelnd.
»Was meinen Sie denn?«, fragte ich. »Wer sollte schon hier hereinkommen?«
Schwester Sills trat zum Bett. »Warum sind deine Armriemen gelöst?«, wollte sie vorwurfsvoll wissen.
»Dr. Bannister hat sie mir abgenommen. Damit ich lesen kann.«
»Oh, hat er das, ja? Nun, Dr. Bannister wurde noch nicht von einem kleinen Mädchen, das ich kenne, bei einem Tobsuchtsanfall getreten.«
Sie machte sich daran, mich wieder festzubinden, und begann mit meinem linken Arm. Gerade als sie sich meinen rechten Arm vornahm, musste sie meinen besorgten Blick in Richtung des sich leicht bewegenden

Vorhangs vor der Nasszelle bemerkt haben. Ihre Augen wurden schmal. Ich hatte nicht hinsehen wollen, aber ich konnte einfach nicht anders, die Ungewissheit und Sorge machten mich verrückt. Bevor ich mir noch irgendeine Erklärung ausdenken konnte, war Schwester Sills mit großen Schritten bei dem Vorhang angelangt und hatte ihn zurückgezogen. Ich hielt die Luft an ...

... und hätte beim Ausatmen fast entsetzt losgeschrien.

Es war niemand dort.

War da überhaupt jemals ein Mädchen gewesen?, fragte ich mich. Als ich mich umsah, wurde mir klar, dass sie unmöglich das Zimmer hätte verlassen können. Die einzige Tür war diejenige, die in den Flur führte. Das einzige Fenster befand sich auf der anderen Seite des Zimmers – und es ließ sich nicht einmal öffnen.

Na toll, dachte ich, jetzt besuchen mich nachts auch schon Gestalten aus meiner Phantasie und sagen mir, ich sei nicht verrückt.

Ich verbarg meinen Schock und versuchte das Beste aus der Situation zu machen. »Sehen Sie?«, sagte ich. »Es ist niemand da außer mir.«

»Na gut«, murrte Schwester Sills misstrauisch. Sie griff in ihre Tasche und zog die übliche kleine Tasse mit zwei blauen Pillen heraus. »Aber jetzt nimmt eine brave Patientin ihre Medizin und geht schlafen.«

In dem Augenblick, als Schwester Sills fort war, spuckte ich die Pillen unter meiner Zunge aus. Ich fragte mich immer noch, was gerade geschehen war. Hatte ich mir meine geheimnisvolle Besucherin nur eingebildet? Wenn nicht, wie war sie aus dem Zimmer gekommen? Und welche Informationen hatte sie für mich?

Ich blickte zurück zum Vorhang und sah ... etwas anderes. Das Scrabble-Spiel war über den ganzen Nachttisch verstreut und eine Reihe von Buchstaben war ordentlich auf dem Boden aufgereiht. Konnte das ein Hinweis sein oder hatte ich einfach nur den Verstand verloren? Ich kniff die Augen zusammen, um die Buchstaben zu erkennen.

Dort stand:

I B D E R I S N O G A

Wenn es ein Hinweis war, war es ein ziemlich bescheuerter. Entweder hatte meine geisterhafte Besucherin ihre Information so gut verschlüsselt, dass ich sie überhaupt nicht enträtseln konnte, oder sie konnte nicht buchstabieren. So oder so hatte ich keine Zeit zu verlieren. Ich musste entkommen.

Ich hatte ausnahmsweise mal Glück. In ihrer Eile, den

Eindringling zu ertappen, hatte Schwester Sills vergessen die Riemen meines rechten Arms festzuziehen. Mit all der Geduld und Entschlossenheit, die ich in meiner Zeit als Cheerleader gelernt hatte (sich Lynette Barbinis Geschichten über ihre Sommerferien in Europa anzuhören ist ein Fulltimejob, glaub mir), löste ich meinen rechten Arm aus den lockeren Riemen. Ich zog mit all meiner Kraft hin und her. Es dauerte eine ganze Weile und die Lederriemen scheuerten mein Handgelenk auf. Fast hatte ich das Gefühl, ich würde mir den Arm abreißen. Aber schließlich schaffte ich es, meine bandagierte Hand unter dem Riemen hervorzubekommen, und dann hatte ich den ganzen Arm draußen.

Ich war frei – aber war ich das wirklich? Die Unsicherheit nagte immer noch in mir. Was, wenn ich tatsächlich Denise Butler war? Was, wenn Metier nur in meiner Phantasie existierte und die Wirklichkeit genau hier in Santa Monica war? Von diesem Gedanken konnte ich mich noch nicht völlig befreien.

Es gab nur eine einzige Möglichkeit, das mit Sicherheit herauszufinden. Ich hob meine freie Hand an meinen Mund, bekam das Ende meines Verbands zwischen meinen Zähnen zu fassen und zog daran. Nach einigen Minuten, in denen ich mich fühlte wie ein Yorkshireterrier mit einem Gummiknochen, schaffte ich es, den Verband zu lockern. Doch als die Lagen des Verbandes sich lösten, stieg meine Furcht. Wenn ich mich täuschte, wäre meine Hand furchtbar verbrannt. Und wenn ich nun den Verband abnahm, würde sie vielleicht nicht wieder völlig heil werden. Schlimmer noch, meine Finger konnten zusammengeschrumpft sein und entsetzlich aussehen – wie zu heiß gekochte Hotdogs.

Als ich am Ende des Verbands angelangt war, klopfte mein Herz rasend schnell. Was ich gleich sehen würde, würde mir sagen, ob ich ein verrücktes Mädchen mit dauerhaft ruinierten Händen sein würde oder ein Mädchen bei klarem Verstand mit dauerhaft ruiniertem Leben. Was würde es sein?

Ich hielt den Atem an und löste schnell die letzten Lagen des Verbandes.

Mir lief eine Gänsehaut über den Rücken.

Meine Hand war ein wenig steif, aber unverletzt! Um genau zu sein, sie war genau so, wie ich sie in Erinnerung hatte: geschmeidig und anmutig, mit langen, schmalen Fingern, perfekt für weiche Zärtlichkeiten ... und harte Diamantringe. Okay, ich gebe zu, das hatte ich aus einer französischen Frauenzeitschrift. Aber ganz sicher war meine Hand nicht verbrannt. Ich hatte gar keinen Unfall gehabt! Man hatte mich angelogen! Was bedeutete, dass das fremde Mädchen,

wer immer sie war, die Wahrheit sagte. Jetzt musste ich aufstehen und den Rest herausfinden.
Ich verlor keine Zeit, den Verband an meinem anderen Arm zu lösen. Meine linke Hand war ebenfalls völlig heil und unverbrannt. Nun war es ein Kinderspiel, meine Beine loszubinden. Ich musste so leise machen wie möglich – das Letzte, was ich brauchte, war, dass Schwester Sills hier reinstürmte und mich mitten in meinem Fluchtversuch überraschte. Ich war entschlossen sie zuerst zu überraschen.

Leise zog ich die Tür nach innen auf und versuchte mich möglichst geräuschlos zu bewegen. Ich hatte noch keinen Plan, aber ich wusste, ich musste sofort hier raus. Morgen konnte es schon zu spät sein, um meine Freunde zu retten.
Ich schlich mich in den Flur. Wo immer ich mich befand – es war kein Krankenhaus. Der Flur war vollkommen leer. Es gab keine Ärzte oder Schwestern, die umhereilten, keine Besucher und keine Patienten. Um genau zu sein, alles, was ich an »Krankenhausgeräuschen« gehört hatte, kam aus einem einzigen Lautsprecher, der über meiner Tür montiert war. Das ganze Gebäude war ein riesiges Gespensterhaus!
Der Boden unter meinen nackten Füßen war eiskalt. Ich atmete den gleichen faulen, beißenden Geruch ein,

den ich während des Zeitbebens ausgemacht hatte – er musste von irgendwo weiter unten im Flur kommen. Ich beschloss von nun an durch den Mund zu atmen.
Als ich um eine Ecke bog, wäre ich fast mit Jolenes Candystriper-Wägelchen zusammengestoßen, das an einer Wand stand wie ein Spielzeug, das jemand vergessen hat. Ihre Uniform lag obenauf, wie das Kostüm eines Schauspielers. Neugierig griff ich in das Wägelchen und zog eine Schachtel mit Studentenfutter heraus. Sie war leer. Alles auf dem Wägelchen – alles in dem ganzen Gebäude wahrscheinlich – war nur eine Attrappe.
Aber selbst Attrappen können nützlich sein. Die Buchstaben auf Jolenes Namensschild glänzten im Neonlicht. Attrappe oder nicht, es würde reichen. Ich löste das Namensschild, bog die Nadel gerade und holte tief Luft. Dann stach ich mich mit der Nadel in den Daumen so schnell und schmerzlos wie ich nur konnte.
Der Anblick von Blut macht mich immer schwindelig, aber ich musste einfach nachsehen. Als ich es tat, seufzte ich vor Erleichterung auf. Ich war doch nicht verrückt.
Der Blutstropfen, der sich bildete, war . . . silbern.
Aber es war keine Zeit, meine wieder gefundene geistige Gesundheit zu genießen. Ich hörte, wie am ande-

ren Ende des Flures eine Tür geöffnet wurde und jemand aus einem Zimmer trat. Glücklicherweise hatte die Person mir den Rücken zugewandt und ich konnte mich hinter das Wägelchen ducken.
Es war Chris Archer. Aber natürlich nicht der echte Chris Archer, überlegte ich.
Moment mal! Der echte Chris Archer? Was dachte ich da? Es gab überhaupt keinen Chris Archer! Und es gab auch keine Alpha-Kids-Bücher! Dies war wirklich und wahrhaftig mein Leben und niemand würde mir etwas anderes einreden können – nie mehr!
»Gute Nacht, Glenn«, verabschiedete Chris Archer sich von jemandem in dem Krankenzimmer, aus dem er gerade gekommen war. Er winkte dem mir unbekannten Insassen zu. »Ich sag dir was. Wenn dir ein gutes Ende der Geschichte einfällt, widme ich dir Buch zehn. Und jetzt gute Besserung!«
Es war der gleiche lausige Trick, den er bei mir angewandt hatte. Jetzt kam ich mir nicht nur ausgetrickst vor, ich war auch wütend, was – wie ich dir aus bereits gemachten Erfahrungen sagen kann – eine gefährliche Kombination ist. Jemand würde dafür bezahlen! Aber zuerst musste ich herausfinden, wer dieser Glenn war. Ich hatte einen Verdacht.
Sobald Chris Archer die Tür geschlossen hatte, verwandelte er sich schnell wieder zurück in seine wahre

Gestalt: die eines Omegas! Von meinem Versteck hinter dem Wägelchen aus sah ich zu, wie er groß und dünn und seine Haut blass und silbrig wurden. Er drehte sich in meine Richtung und überflog den Flur mit einem Blick aus seinen seelenlosen schwarzen Augen. Im nächsten Moment traten zwei andere Omegas zu ihm, einer trug Schwester Sills' Uniform, der andere in Dr. Bannisters weißem Krankenhauskittel.

Die Omegas mussten wohl Santa Monica mögen – das ganze »Krankenhaus« wimmelte nur so von ihnen! Ich erwartete schon meine beiden »Brüder« ebenfalls irgendwo auftauchen zu sehen, mit Surfbrettern und RayBan-Sonnenbrillen, um ihre schwarzen, leeren Augen zu verbergen. Ich schickte in Gedanken ein Dankgebet zu dem Mädchen, das mir geholfen hatte. Wer immer sie war oder was immer sie war, sie hatte mich vor einem Leben in Omega-Stadt gerettet – und es wäre wahrscheinlich auch ein ziemlich kurzes Leben gewesen.

Der Dr.-Bannister-Omega drehte sich zu dem Autor, bisher bekannt als Chris Archer. »Nun?«, fragte er. »Hast du mit dem Jungen Fortschritte gemacht?«

»Nein«, erwiderte Archer und schüttelte bedauernd den Kopf. »Er ist uns nicht von Nutzen. Sein Wille ist zu stark. Wir müssen auf das Mädchen hoffen.«

»Ich weiß nicht«, erwiderte Schwester Sills. »So wie

sie mich heute Abend angesehen hat, hatte ich das Gefühl, dass sie etwas verbarg.«

»Und?«, fragte Dr. Bannister.

»Ich habe keine Beweise dafür gefunden«, erwiderte Omega Sills. »Aber sie benahm sich sehr merkwürdig. Und wie sie während des Zeitbebens nach mir ausschlug . . .«

»Sie ist doch jetzt ruhig gestellt, oder?«, fragte Dr. Bannister.

»Mit vierhundert Milligramm«, antwortete Schwester Sills. »Sie wird mindestens einen weiteren Tag bewusstlos sein.«

»Das ist gut. Sie muss schwach bleiben. Wir können es nicht riskieren, dass sie stark genug wird, um ihre Kräfte einzusetzen. Zu viel steht auf dem Spiel.«

»Glaubt mir«, warf Chris Archer ein, »sie ist nahe daran, aufzugeben. Wenn sie aufwacht, werde ich den Druck verstärken, bis sie nachgibt.«

Ach, die dachten also, sie könnten mich unterkriegen, ja? Glaub mir, wenn ich nicht nachgegeben hatte, als sie mich Matschkarotten essen ließen, dann würde ich auch in Zukunft nicht aufgeben.

In dem Augenblick, als die Omegas fort waren, ging ich leise und entschlossen zu der Tür, wo dieser Glenn liegen musste. Ich drückte die Tür auf und hielt die Luft an, als sie laut quietschte. Sobald ich sie geöffnet hatte, spähte ich um die Ecke. Mein Herz klopfte vor Aufregung. Würde ich finden, wen ich zu finden hoffte?

Ich betrat den Raum. Und natürlich, dort, festgebunden an ein Krankenhausbett, war genau derjenige, den ich am liebsten von allen zu sehen wünschte.

Ethan Rogers.

Gott sei Dank, dachte ich, es geht ihm gut. (Natürlich – wenn du pingelig sein möchtest, könntest du anmerken, dass er reglos dalag und an das Bett eines Krankenhauses gefesselt war, das nicht einmal echt war und außerdem von Mutantenkillern aus der Zukunft betrieben wurde – aber ich finde, das wäre etwas zu kleinlich.)

»Wwweeeer?«, fragte er und bewegte sich, als ich mich an den Lederbändern um sein Handgelenk zu schaffen machte. »Wer bist du?«

»Pst! Ich bin's, Toni«, flüsterte ich. »Sprich leise.«

»Toni?« Im ersten Moment schien er mich zu erkennen. Dann wirkte er verwirrt. »Toni? Aber bist du nicht . . .«, begann er, unterbrach sich jedoch selbst und schüttelte den Kopf. Ich nahm an, dass auch er unter Drogen gesetzt worden war. »Es gibt keine Toni Douglas«, murmelte er jetzt mit gleichförmiger Stimme. »Toni Douglas ist nur eine Heldin in der Alpha-Kids-Serie. Genau wie Ethan Rogers.«

Wenn ich nur eine Heldin in einem Buch bin, warum schreibt dann nicht irgendjemand endlich ein Happyend und die Sache ist ausgestanden?
»Glaub nicht alles, was du liest«, gab ich zurück. »Was hat man dir denn sonst noch gesagt?«
»Mein Name ist Glenn Keller«, erwiderte er mit roboterhafter Stimme. »Ich lebe in Santa Monica, Kalifornien, mit meinen Eltern und meinen beiden älteren Brüdern. Ich habe vor einer Woche mein Gedächtnis verloren . . .«
». . . als du eine Stromleitung in die Hand genommen hast, deren Mast in einem Sturm umgestürzt war?«, riet ich.
Er schüttelte den Kopf. »Ich habe Karate trainiert und versucht ein Brett mit meinem Kopf zu zertrümmern.«
»Also komm schon, Ethan! Das ist die blödeste Geschichte, die ich je gehört habe. Erzähl mir nicht, du wärst tatsächlich darauf reingefallen?« Ich hatte jetzt Schwierigkeiten, leise und ruhig zu sprechen. »Hör mal. Grundsätzlich bist du ja ein unglaublich netter Junge, bis auf die Art und Weise, wie du dich anziehst und das könnte mit einem einzigen Besuch bei ›Gap‹ geändert werden. Und du weißt, dass du keine Brüder hast, und du kommst auch nicht aus einem Ort der so interessant ist wie Santa Monica.«

Er blinzelte und ich meinte fast zu sehen, wie der Nebel in seinem Kopf anfing sich zu heben. »Dies sind alles sehr gute Argumente und du siehst auch irgendwie vertraut aus. Nicht zu vergessen, dass ich den Namen Glenn hasse. Also gut, wenn ich dir sage, dass ich Ethan Rogers bin, wirst du mich dann losbinden?«

Ich lachte. Als ich dabei war, seine Riemen zu lösen, begann ein Alarm zu läuten. »Feuer?«, fragte ich.

»Klingt mehr nach ›Alpha Kids entkommen‹«, erwiderte Ethan. »Wie kommen wir jetzt hier raus?«

Ich versuchte mir den Flur ins Gedächtnis zu rufen. »Ich weiß nicht, ich habe keinen Ausgang gesehen«, antwortete ich. »Und mein Zimmer ist genau wie dieses. Keine anderen Türen und nur das eine nicht zu öffnende Fenster.«

»Das ist dann unsere Antwort«, meinte Ethan.

»Was meinst du?«, fragte ich. Ich war ziemlich erleichtert, dass er wieder zu seinem alten bestimmenden Selbst fand. Ständig allein Entscheidungen zu treffen ist ziemlich anstrengend.

Wir hörten das Geräusch von schnell laufenden Schritten im Flur zu Ethans Zimmer. »Schnell«, rief er, »verschließe die Tür!«

Ich schob die Tür zu und stemmte mich dagegen, als ich den ersten Schlag eines Omegas gegen die Tür spürte. Ethan rollte das Bett zu mir herüber und klemmte es unter den Türgriff. Wir packten, was immer wir im Raum fanden, um eine Barrikade zu errichten. Aber als ich einen Stuhl nahm, der neben Ethans Bett gestanden hatte, hielt er mich davon ab.

»Wie ich schon sagte«, fuhr er fort und hob den Stuhl über seinen Kopf. »Ich denke, dieses Fenster ist unser einziger Weg hinaus.« Er schwang den Stuhl mit aller Kraft gegen das dicke Glasfenster. Es zersplitterte mit einem enormen Knall.

Tja, wenn die Omegas irgendwelche Zweifel hegten, dass wir versuchten zu entkommen, dann wussten sie es jetzt zumindest genau.

Ethan warf den Stuhl zur Seite, raste zum Vorhang vor der Nasszelle und riss ihn aus seiner Halterung.

»Wir können das hier als Seil benutzen, um draußen hinabzuklettern«, erklärte er und begann Knoten entlang des Stoffes zu knüpfen.

»Ich glaube nicht, Ethan«, erwiderte ich schwach.

Noch vor einer Sekunde war ich bereit gewesen, durch die Öffnung in die warme Nachtluft von Santa Monica zu springen, Seil oder nicht Seil. Aber jetzt fühlte ich mich plötzlich krank, als ob mir jemand in den Magen geboxt hätte.

»Klar, kannst du das, Toni«, entgegnete Ethan, ohne hochzublicken. »Ich werde dir helfen.«

»Das ist es nicht . . .«, begann ich. »Wir können dort nicht hinaus.«
»Was meinst du damit?«, fragte er mit einem nervösen Blick zurück zur Tür, die jetzt von unseren mutierten Angreifern aus den Angeln gehoben wurde.
»Sieh doch selbst«, sagte ich und deutete zum Fenster hinüber.
Ethan trat neben mich. Er spähte durch den Fensterrahmen und stieß einen leisen Pfiff aus.
Dort draußen war nichts. Dort war nicht einmal ein Draußen. Wir starrten auf ein merkwürdiges Arrangement von Drähten, Linsen und Leitungen, die aussahen wie das Innere eines merkwürdigen Computerbildschirms.
Dies war gar kein Fenster. Die Palmen, der blaue Himmel, der Blick auf den Ozean – es war ein holografisches Bild gewesen, genauso eine Attrappe wie alles andere hier.
Ich schauderte, als eisige Finger über meinen Rücken fuhren.
Mit einem Mal ergab alles Sinn. – Der kalte Boden. Der furchtbare Geruch im Flur. Das Zeitbeben.
Wir waren gar nicht in einem Krankenhaus. Wir waren nicht einmal in Santa Monica. Wir waren in einer Omega-Basis. Als Ethan und ich uns per Zeitsprung vor dem Meteor in Sicherheit brachten, musste uns

die Explosion irgendwie in die weite Zukunft getragen haben. Und zurück in die Fänge der Omegas.

Jetzt war der einzige Fluchtweg, der, den ich versprochen hatte, nie mehr zu nehmen. Trotzdem, ich wusste, was ich zu tun hatte.

Wieder einmal war ich dankbar, dass die Omegas uns wenigstens mit nützlichen Attrappen versorgt hatten.

»Geh einen Schritt zurück«, sagte ich und winkte Ethan vom Fernsehgerät weg.

Ich stellte den Fernseher an, nur so zum Spaß. Natürlich kam nur Flimmern und Rauschen – alle Fernsehstationen waren im Atomkrieg zerstört worden. Ich legte eine Hand auf den kalten, glasigen Bildschirm. Mit einem herrlich angenehmen Gefühl fuhr ein Energiestoß durch meinen Körper. Ich spürte ihn überall kribbeln, von meinen Zehenspitzen bis zu meinen Haarspitzen. Leider gab das Gerät dann in einem Funkenregen seinen Geist auf und war nur noch ein Häufchen geschmolzenes Plastik. Doch das war nicht weiter schlimm. Schließlich hatte ich ja nicht vorgehabt die neueste Episode meiner Lieblings-Soap anzusehen.

»Nimm meine Hand«, forderte ich Ethan auf. »Lass uns hier verschwinden.«

Er fasste meine Hand und wir bereiteten uns innerlich auf den Zeitsprung vor. Ich schloss die Augen und entschuldigte mich in Gedanken bei meiner Mutter. Entschuldige, wollte ich ihr sagen. Ich wünschte wirklich, ich hätte vorausgeplant – aber dies ist unser einziger Ausweg!

Dann, aus irgendeinem Grund, konnte ich mich nicht konzentrieren. Ich war wirklich absolut abgelenkt. Mein Unterbewusstsein schrie auf eine ziemlich nervige Weise eine Warnung. Ich war sicher, dass es etwas mit meiner geheimnisvollen Besucherin von vorhin zu tun hatte und der Nachricht, die sie mir hinterlassen hatte – aber was war es?

I B D E R I S N O G A

I B – vielleicht sollte das »Ich bin« bedeuten, aber was war mit dem Rest der Buchstaben? D E R I S N O G A, das klang irgendwie nach »der ist gaga«.

Aber das war albern – weshalb sollte jemand sich all die Mühe machen, nur um mir zu sagen, dass jemand gaga war? Das Ärgerlichste an diesem Mädchen war, dass es nutzlose Hinweise gab.

»Toni, stimmt irgendetwas nicht?«, fragte Ethan. Das Hämmern an der Tür war ohrenbetäubend. »Wir sollten wirklich zusehen, dass wir hier wegkommen.«

»Natürlich«, antwortete ich. »Tut mir Leid, ich muss mich nur konzentrieren.«

Ich schloss meine Augen, aber da waren wieder die Buchstaben:

I B D . . . Ich bin du . . .?

Da steckte definitiv noch etwas dahinter. Etwas Wichtiges. Aber das konnte noch dauern, bis ich dahinter kam. Zeit, die ich jetzt nicht hatte. Was sonst hatte das Mädchen gesagt?

Die Einzige, der du trauen kannst, bist du selbst.

»Komm schon, Toni!«, drängte Ethan. »Wenn sie uns kriegen, werden sie uns umbringen.«

Plötzlich machte es alles Sinn. Entsetzlichen Sinn. I B D E R I S N O G A. Ich verstand.

»So wie im Comic, als Doomsday in Band fünfundvierzig Batman umgebracht hat?«, fragte ich.

»Genau!«, rief er über den Lärm von draußen hinweg. »Aber das hier ist kein Comic, Toni! Es ist das echte Leben!«

Mir drohte fast das Blut zu gefrieren. »Ich weiß nicht mehr, was echt ist«, sagte ich zu ihm, »und was nicht.«

Ich drückte seine Hand fester und konzentrierte mich . . .

Es gab einen kleinen Lichtblitz und wir waren fort.

8. KAPITEL

Als meine Augen sich wieder an das Licht gewöhnt hatten, sah der Raum um mich herum ... ziemlich genauso aus, wie als wir ihn verlassen hatten.

Der Fernseher sprühte allerdings keine Funken mehr und jemand hatte das zerbrochene Glas vom Boden vor dem unechten Fenster entfernt, aber ansonsten sah Ethans Krankenzimmer ziemlich genauso aus.

»Es hat nicht funktioniert!«, rief er ungläubig. »Wir sind genau dort, wo wir angefangen haben.«

Nichts stört mich mehr, als wenn jemand etwas sehr gut macht und andere es nicht zu schätzen wissen. Besonders wenn sie es nicht begreifen, weil nämlich das, was man getan hat, viel zu raffiniert ist, als dass sie es verstehen könnten. Lidschatten zum Beispiel fällt auch in diese Kategorie. »Nun, nicht genau«, erwider-

te ich verärgert. »Wir sind ein paar Stunden weiter in der Zukunft.«
»Und was nützt uns das?«, fragte Ethan.
»Zum einen, keine Omegas mehr«, erklärte ich und deutete auf die Tür. »Sie denken, wir sind schon längst fort.«
»Aber . . .«
»Und zum anderen«, fuhr ich fort, »mag ich diese kleinen Sprünge lieber. Es besteht weniger die Gefahr, dass etwas, was wir ändern, einen Schneeballeffekt hat und in einem großen Desaster endet.«
»Aber . . . aber warum?«, seufzte Ethan. »Wenn wir irgendwohin springen, dann sollte es in die Vergangenheit sein, um die anderen zu retten. Was hat es für einen Sinn, im Hauptquartier der Omegas zu bleiben?«
»Was es für einen Sinn hat?«, wiederholte ich. »Erinnerst du dich nicht, was in Ausgabe fünfundvierzig passiert ist?«
»Du meinst . . . als Doomsday Batman umgebracht hat?«, fragte er und sah etwas besorgt drein.
»Komm schon, Ethan, hast du es immer noch nicht begriffen? Los, gib mir deine Hand«, sagte ich zu ihm, »und ich werde es dir zeigen.«
Er sah mich skeptisch an und legte seine Hand in meine. Ich lächelte ihn an. Er lächelte unsicher zurück.

Dann, mit all der Kraft, die ich hatte, drehte ich seinen Arm auf den Rücken. Zur gleichen Zeit stieß ich ihn fest zu Boden, genau wie Miss Ferrara es uns im Sportunterricht beigebracht hat, als Selbstverteidigung an der Reihe war. Junge, ich konnte nur hoffen, ich machte es richtig.

Ethan kreischte und versuchte sich aus meinem Griff zu winden. »Toni!«, quiekte er, seine Stimme gedämpft vom Boden des unechten Krankenzimmers. »Was machst du . . .«

Bevor er noch ein weiteres Wort sagen konnte, schoss ich einen Stromstoß durch seinen Körper, genug, um einen Menschen bewusstlos zu machen – aber ich wusste, dass das Ding auf dem Boden vor mir kein Mensch war. »Ethan« krümmte sich und zitterte, doch ich lockerte meinen Griff nicht. Nach dem Stromstoß war er so schwach wie ein Kätzchen.

»Doomsday hat Superman umgebracht, nicht Batman, du Versager«, knurrte ich durch zusammengebissene Zähne. »Und es war in Nummer fünfundsiebzig, nicht fünfundvierzig.« Oder zumindest denke ich, das war es, was Ethan damals im Raumschiff zu mir gesagt hatte. »Der echte Ethan Rogers weiß das.«

»Ich . . . ich war durcheinander«, schnaufte er. »Nummer fünfundsiebzig. Klar. Jetzt weiß ich es wieder.«

»Unmöglich«, erwiderte ich. »Ethan Rogers lebt Comics. Er atmet Comics. Er würde niemals einen so blöden Fehler machen.«
»Toni«, schnaufte er schwer. »Ich bin es. Bitte. Du musst mich . . .«
Ich machte mir langsam echte Sorgen, dass ich mich vielleicht doch getäuscht hatte. Aber ich durfte mir jetzt keinen Fehler mehr erlauben. »Ich muss gar nichts«, schrie ich ihn an. »Und jetzt habe ich die Lügen satt und ich habe es satt, zu warten. Ich will ein paar Antworten. Wer bist du? Oder willst du noch einen Schlag im Power-Mädchen-Stil?«
Das Wesen zu meinen Füßen fuhr sich mit der Zunge über die trockenen Lippen und sah sich im Zimmer um. Es wusste, dass ich gewonnen hatte. Unter meinen Augen verwandelte sich »mein Freund« in einen der entsetzlichen Omegas, seine riesigen schwarzen Augen bohrten sich in meine. »Du hast mich vielleicht durchschaut«, knurrte er drohend. »Aber du wirst es niemals lebend hier rausschaffen. Du wirst sterben.«
Nun, das schien dieser Tage die allgemein verbreitete Meinung zu sein. Aber das bedeutete nicht, dass es mir gefiel. Ich schickte noch einen kleinen Stromstoß durch den Omega. »Kennst du nicht die Regeln des Hauses?«, fragte ich wütend. »Ärgere nicht das Mäd-

chen mit dem eingebauten Elektroschock! Und wenn du am Leben bleiben willst, zeig mir jetzt sofort, wo ihr den echten Ethan versteckt habt.«

9. KAPITEL

»Glaub mir, Drew«, sagte ich zu meinem Gefangenen, »es ist besser für dich, wenn es Ethan gut geht, wenn wir ihn finden.«

Ich hatte beschlossen den Omega vor mir »Drew« zu nennen, nach einem Widerling an der Schule, der so blöde war, dass er einmal einen lebenden Frosch wegen einer Fünfundzwanzig-Cent-Wette gegessen hatte. Wir waren nun auf dem Weg, den echten Ethan Rogers zu suchen, der irgendwo auf dem Omega-Gelände gefangen gehalten wurde. Nachdem ich tagelang als Gefangene in den Händen dieser froschäugigen Freaks verbracht hatte, war es Zeit, ihnen etwas zurückzuzahlen. Ich hielt die Arme des Omegas eng hinter seinem Rücken. Alle paar Meter gab ich ihm einen kleinen Stromstoß, damit er schwach genug blieb.

Wir liefen schnell durch die Flure des unechten Krankenhauses. Ich war erstaunt über die ausgeklügelten Tricks, die sich die Omegas ausgedacht hatten, um mich glauben zu lassen, ich sei jemand anders. Das Fotoalbum, meine liebende »Familie«, der Tropfen getrocknetes rotes Blut auf dem Verband – sie hatten sogar eine ganze Serie Bücher geschrieben, um mich davon zu überzeugen, dass Toni Douglas lediglich ein Phantasieprodukt war!

Und doch hatten sie die ganze Zeit gewusst, dass ich es durchschauen würde. Sie hatten sogar darauf gezählt. Deshalb hatten sie einen unechten Ethan Rogers bereitgehalten, im Wissen, dass ich versuchen würde ihn zu retten; in der Annahme, dass ich wahrscheinlich einen Zeitsprung mit ihm machen würde, um die anderen Alpha Kids zu retten, die immer noch in der Vergangenheit gestrandet waren. Und dann ...

»Du wolltest uns umbringen«, sagte ich. »Stimmt es nicht, Drew? Wenn ich nicht deine Maskerade durchschaut hätte, sondern mit dir den Zeitsprung gemacht und dich zu den anderen Alpha Kids gebracht hätte, dann hättest du uns alle umgebracht.«

»Und zwar liebend gerne«, höhnte mein Gefangener, doch ein Extrastoß von zehntausend Volt Toni-Energie wischte schnell das Hohnlächeln von seinem froschäugigen Gesicht.

»Aber warum?«, fragte ich. »Ihr hättet mich doch

schon längst vorher jederzeit töten können? Wenn ich nicht zurückginge und sie rette, dann wären sie sowieso bald gestorben. Wie lange denkst du, können ein paar Kinder in der prähistorischen Vergangenheit überleben?«

»Du hast das Zeitbeben gespürt!«, fuhr mich der Omega an. »Deine Freunde bleiben offensichtlich lange genug am Leben, um extremen Schaden anzurichten! Deshalb mussten sie zuverlässig beseitigt werden!«

Da hatte er wahrscheinlich Recht. Ich hatte immer gedacht, der einzige Weg, die Omegas zu zerstören, war zurückzugehen und den Meteor zu eliminieren. Aber anscheinend konnten mehrere Zeitbeben, die stark genug waren, das genauso erledigen.

Inzwischen hatten wir ein Zimmer am anderen Ende des Flures erreicht: einen unauffälligen, fensterlosen runden Raum, der mehrere Gegenstände enthielt, die aussahen wie Teströhrchen in Menschengröße. Alle waren zu drei Vierteln mit einem klebrigen gelben Gel gefüllt. Und alle waren leer – bis auf eine.

Schwach sichtbar durch die gelbe Flüssigkeit der letzten Röhre in der Reihe war eine menschliche Gestalt.

Eine mir vertraute menschliche Gestalt.

Ich seufzte vor Erleichterung auf.

Fünf Minuten später saß Ethan Rogers – der echte Ethan Rogers – mit dem Rücken gegen die Wand gelehnt da, zitternd und schaudernd, nachdem er aus der Röhre gekommen und aus der Bewusstlosigkeit aufgewacht war, in die er künstlich versetzt worden war. Gel hing immer noch an seinen Ohren und seiner Nase, als wäre er gerade eben in einen Wackelpudding getaucht worden.

»Ihr werdet alle sterben«, stieß der Omega wütend hervor. »Für euch gibt es keinen Ausweg. Wenn der Meteor nicht vernichtet wird, werden wir Omegas gewinnen. Und wenn der Meteor vernichtet wird . . . seid ihr es auch.«

»Das werden wir noch sehen«, erwiderte ich. »In der Zwischenzeit habe ich dein Röhrchen für dich bereit.«

»Was?«, fragte der Omega. »Was meinst du damit?«

Ich versuchte überrascht auszusehen. »Du denkst doch nicht, dass ich dich vergessen würde, nachdem du so hilfsbereit warst, oder? Ihr Omegas habt meinem Freund Ethan ein so nettes Nickerchen verschafft; das hat er wirklich gebraucht. Und jetzt möchte ich dir diesen Gefallen erweisen.«

»Du willst, dass ich . . . dass ich . . .?«, stotterte er.

»Rein!« Ich deutete nur darauf.

Einige Minuten später hatten wir unseren neuen Omegafreund ordentlich verpackt in der leeren

Plastikröhre. Kurz bevor wir den Zylinder mit dem gelben Gel füllten, überredete ich Drew, wieder Ethans Gestalt anzunehmen. Nun, vielleicht ist überreden nicht gerade der richtige Ausdruck . . . sagen wir einfach, ich benutzte überzeugendere Mittel als Worte. Ethan und ich machten einen Schritt zurück und betrachteten den Anblick, der sich uns bot. Der Raum sah genauso aus wie zu dem Zeitpunkt, als ich ihn betreten hatte. Jeder Omega, der hereinkam, würde denken, dass Ethan immer noch ihr Gefangener war.

Nicht dass es groß darauf ankam, wurde mir klar. Ohne ihre Zeitmaschine hatten die Omegas keine Möglichkeit, Ethan und mir zu folgen.

»Wohin jetzt?«, fragte Ethan, der langsam aus seiner Benommenheit aufwachte.

»Nicht wohin«, korrigierte ich ihn. »Wannhin. Komm schon, nimm meine Hand!«

Er fasste fest meine Hand. Es gab einen kurzes Aufblitzen von Licht und alles um uns herum verschwand.

10. KAPITEL

Glaub mir: Metier, Wisconsin, wird niemals für die wichtigste, aufregendste Metropole auf Erden gehalten werden. Aber es hat sich in den letzten paar Millionen Jahren doch ziemlich entwickelt. Zumindest gibt es dort ein Einkaufszentrum, ein ganz gutes Chinarestaurant und einen einigermaßen günstigen Kosmetiksalon. Vor Millionen von Jahren war Metier nichts als ein Loch. Und das meine ich jetzt nicht mal im übertragenen Sinn.

Ethan und ich standen im prähistorischen Metier, Millionen von Jahren in der Vergangenheit und es gab tatsächlich ein riesiges Loch vor uns – einen Krater, der das Ergebnis des Zusammentreffens eines Meteors mit Wisconsin bei ungefähr viertausend Meilen pro Stunde war.

Nach all dem Staub zu schließen, der jetzt in der Luft

herumwirbelte, konnte man annehmen, dass der Meteor erst vor kurzem eingeschlagen hatte. Die Luft war so dicht mit Ruß und Staub angereichert, dass wir kaum atmen konnten. Die Sonne verschwand gerade am Horizont, aber nachdem die Luft mit winzigen Teilchen erfüllt war, schimmerte sie lila und rot und blau wie ein großer runder Luftballon. Ich schauderte, als mir einfiel, wie sehr das eigenartige Licht wahrscheinlich meiner Haut schadete.

Ethan und ich spähten hinunter in den Krater und gingen an seinem Rand entlang. Nach kurzem Nachdenken hatten wir entschieden, dass dies der beste Ort war, um nach Jack, Ashley und den anderen zu suchen. Wir wussten, dass sie irgendwo hier sein mussten – wie unser Omega-Freund Drew ausgeführt hatte, sonst gäbe es auch keine Zeitbeben, um die man sich Sorgen machen müsste – und wir hielten es für am wahrscheinlichsten, dass sie sich am Krater versteckten.

Diese Idee schien falsch zu sein, denn wir konnten unsere Freunde nirgendwo entdecken. Aber es dauerte nicht lange und wir wurden mit einem Blick auf den Meteor selbst belohnt: ein riesiger, leuchtender, verbeulter Metallklumpen. Wir wussten auf den ersten Blick, dass dies kein normales Felsgestein war. Der Meteor schien mit seiner eigenen, außerirdischen Lebenskraft zu pulsieren.

»Sehen wir ihn uns genauer an«, schlug ich Ethan vor.
»Ich bin nicht sicher, ob das so eine gute Idee ist«, erwiderte er. »Sieht es für dich nicht so aus, als ob er, ich weiß nicht, pulsiert?«
»Ich dachte, das hätte ich mir nur eingebildet«, antwortete ich.
»Nur wenn deine Einbildung und meine Einbildung sich abgesprochen haben«, erwiderte er. »Ich sehe das auch.«
Wir standen eine Weile dort und beobachteten, wie der Meteor ein- und auszuatmen schien.
»Kommt es dir nicht auch so vor, als ob er . . .«, begann ich.
». . . immer schneller pulsiert, je länger wir hier stehen, als ob er uns in eine hypnotische Trance saugen wollte?«, schloss Ethan.
»Genau«, erwiderte ich.
Wir starrten weiter auf den Meteor. Es wurde immer schwieriger, wegzusehen.
»Weißt du, was«, sagte Ethan langsam, als sei er total in Gedanken vertieft. »Ich denke, die anderen brauchen so schnell wie möglich unsere Hilfe.«
»Wir können uns später um den Meteor kümmern«, schlug ich ebenso langsam vor, »oder nicht?«
»Ich denke schon«, erwiderte er nachdenklich.
Wir sahen einander an.

Einen Moment später kletterten wir über den Rand des Kraters und versuchten wieder Luft zu bekommen. Ich hatte das Gefühl, dass wir gerade haarscharf einem furchtbaren Schicksal entkommen waren. Welchem Schicksal, das wollte ich gar nicht wissen.
»Was tun wir denn jetzt?«, fragte ich mich laut. »Ich sehe überhaupt keine Lebenszeichen.«
Ethan kratzte sich am Kopf. »Okay, nehmen wir mal ihren Standpunkt ein. Wenn du Jack wärst und du wärst in einer Zeit vor Millionen von Jahren in der Vergangenheit gefangen, ohne Hoffnung auf Rettung, und es gäbe kein Essen und kaum Unterschlupf, was würdest du tun?«, fragte er.
Ich dachte darüber nach. »Mich beschweren?«, fragte ich.
»Okay«, sagte Ethan frustriert, »und was, wenn du Ashley wärst?«
Da hörten wir den Schrei.

»Was glaubst du, sind diese Dinger?«, stieß Ethan schwer atmend hervor, als wir über das offene Gelände auf Jack, Elena, Todd und Ashley zurasten. Er meinte damit nicht unsere Freunde, sondern das Pack von knurrenden Wesen in der Größe einer Waschmaschine, von denen sie umringt waren. »Säbelzahntiger? Prähistorische Wölfe? Irgendeine Art wilde Hunde?«

»Hyänen, antwortete ich. »Prähistorische Aasfresser. Zu den Raubtieren gehörend, tückisch und ziemlich dumm.«

»Wow!«, erwiderte er. »Du scheinst ja wirklich was für Paläontologie übrig zu haben.«

»Nein. Ich mag nur einfach Mr Blanchard.«

»Wie bitte?«

»Nicht so wichtig«, sagte ich schnell etwas verlegen. Hyänen, erinnerte ich mich, waren manchmal in Rudeln unterwegs, wie Wölfe. Zu unserem Pech war dies eines dieser Male. Es mussten zwanzig dieser widerlichen Tiere sein – viel zu viele für uns, um sie einfach zu verjagen. Jack, Todd und Elena wedelten mit den Armen, warfen Steine und versuchten verzweifelt sich die hungrigen Tiere vom Leibe zu halten, aber es würde ihnen nicht mehr sehr lange gelingen. Es sah so aus, als ob eines von ihnen Ashley bereits gebissen hätte. Sie saß mit blutendem Bein auf dem Boden. Wahrscheinlich war sie es gewesen, die wir schreien gehört hatten. Der Geruch von Blut – selbst silbernem Blut – machte die Hyänen verrückt. Es würde nicht mehr lange dauern, bis sie angreifen würden.

»Was sollen wir tun?«, fragte ich Ethan. »Sie werden sie töten!«

»Tja«, erwiderte er, »du hast gesagt, Hyänen seien Aasfresser, richtig?«

»Ja, und?«

»Frage: Warum sind Aasfresser denn Aasfresser?« Er fuhr fort, ohne auf meine Antwort zu warten. »Antwort: Weil sie nicht tapfer genug sind, um Jäger zu sein. Aasfresser jagen nicht und kämpfen nicht. Sie fressen einfach die Toten, Sterbenden oder Schwachen auf. Das ist alles, wozu sie den Mut haben.«

»Tja«, erwiderte ich, »diese Feiglinge dort drüben brachten immerhin genug Mut auf, Ashley zu beißen. Und sie sehen nicht so aus, als ob sie sich vor uns fürchten würden. Also was ist dein Plan?«

»Ganz einfach«, sagte er. »Wir jagen ihnen Angst ein.«

Ich saß auf Ethans Schultern und schwankte hin und her, wobei ich verzweifelt versuchte nicht herunterzufallen, während er über das offene Feld auf das Rudel von knurrenden Tieren zurannte. Ich wusste nicht, ob die Hyänen Angst haben würden, aber ich hatte jedenfalls Angst. Glücklicherweise waren Ethans Alpha-Kräfte stark genug, dass er seinen Oberkörper aufrecht halten konnte. Wenn es jemand anders gewesen wäre, hätte ich mir wahrscheinlich schon längst, bevor die Hyänen mich erwischt hätten, das Genick gebrochen.

»Wie nahe sind wir?«, fragte Ethan. Er musste fragen, denn er konnte nichts sehen. Er hatte ein Krankenhaushemd über dem Kopf. Wir hatten das Hemd um meine Beine gewickelt, um damit zu verstecken, wo ich aufhörte und Ethan begann. Hoffentlich würde die Wirkung die sein, die ein zweieinhalb Meter großer Riese erzielte, wenn er wütend angerannt kam, und nicht die von zwei Dreizehnjährigen, die sich auf ein kleines Reiterspiel einlassen. Oder hoffentlich sahen wir zumindest für einen prähistorischen Hund so aus. Leider bedeutete unsere Strategie, dass Ethan nicht genau wusste, wohin er ging. Ich musste ihn mit meinen Füßen und Knien »lenken«.

»Ziemlich nahe«, antwortete ich. »Mach dich bereit. Ich werde die Lichter anknipsen.«

Die Hyänen hatten uns inzwischen bemerkt. Einige von ihnen starrten bereits zu uns. Zumindest hatten wir sie von der gestürzten Ashley abgelenkt. Ich hoffte nur, sie waren nicht allzu interessiert an uns – und dass ihre kalten, bösen Augen lichtempfindlich waren. »Und los geht's«, flüsterte ich Ethan zu. »Ich hoffe, es tut dir nicht weh.«

Ich kniff meine Augen zusammen, um mich zu konzentrieren. Dann ließ ich gleißend helle Energie um uns herumfunkeln. Für jeden Zuschauer mussten wir aussehen wie der Welt größte Wunderkerze.

Die Hyänen reagierten genau, wie wir es gehofft hatten, sie wichen zurück und jaulten vor Angst.

»Wie läuft es?«, fragte Ethan.

»Sie sind unsicher«, erwiderte ich.

»Was meinst du damit?«

»Sie wissen nicht, was los ist. Sie wissen nicht, ob sie Angst haben sollen oder nicht.«

»Schrei sie an«, schlug er vor.

»Was soll ich denn schreien?«, fragte ich.

»Irgendetwas. Aber laut.«

Doch irgendwie war mein Kopf total leer. »Mir fällt nichts ein«, antwortete ich.

»Toni, es geht nicht um Algebra oder so was. Schrei sie einfach an. Schrei irgendetwas.«

Es gab nur eines, was ich, ohne nachdenken zu müssen, im Kopf hatte. Es musste reichen. »Ich gelobe Treue!«, schrie ich. »Der Fahne der Vereinigten Staaten von Amerika!«

»Soll das ein Witz sein?«, flüsterte Ethan. »Was anderes fällt dir nicht ein?«

Aber es funktionierte! Die Hyänen sahen nun echt verschreckt aus. Eine von ihnen jaulte, zog den Schwanz ein. Eine andere wich langsam zurück, machte sich bereit davonzurennen.

Jack, Elena, Ashley und Todd fielen mit ein. »Und der Republik!«, schrien wir nun alle zusammen. »Für die sie steht!«

»Und jetzt das große Ende«, murrte Ethan.

»Eine Nation! Unteilbar! Mit Freiheit und Gerechtigkeit!«, schrien wir. »Für alle!«

Das reichte. Die Hyänen flippten aus. Die meisten von ihnen zogen den Schwanz ein und flohen. Der Rest wich langsam in die Dunkelheit zurück und keines der Tiere wandte den Blick von dem merkwürdigen, glühenden, vierarmigen Monster.

Alle außer einem, um ehrlich zu sein. Die größte Hyäne von allen – wahrscheinlich der Rudelführer – beschloss, dass dies eine Gelegenheit war, ihren Mut zu beweisen. Vielleicht witterte sie den Schwindel oder vielleicht witterte sie einfach nur zwei Kids, die aufeinander gestiegen waren – schließlich haben Tiere bessere Sinnesorgane als Menschen, und es war schon eine Weile her, seit einer von uns eine Dusche genommen hatte. Jedenfalls war dies ein Tier, das nicht ohne Kampf aufgeben wollte.

»Was ist los?«, fragte Ethan.

»Sie sind alle weg«, erklärte ich, »bis auf eine. Ich glaube, es ist so was wie der Rudelführer.«

»Vielleicht braucht er eine kleine Lektion, Toni«, schlug Ethan vor. »Schaffst du das?«

Ich war erschöpft, aber ich hatte wohl keine große Wahl. Die Hyäne knurrte und schnappte nach uns und kam immer näher und näher. In jedem Augenblick konnte sie springen – und ihre Hyänenkumpel

sahen aus, als ob sie nur darauf warteten, ihr zu helfen. Selbst Aasfresser würden bei einem Angriff ihren Anführer verteidigen.
Ich hielt meine Handflächen aneinander und lenkte meine Energie in einen kleinen Ball. Ich bemühte mich meine Kraft zu sammeln und mich zu konzentrieren. Dies erforderte mein ganzes Fingerspitzengefühl.
»Hier, Hundi, Hundi«, krächzte ich.
Die Hyäne legte den Kopf zur Seite und schnüffelte. Dicker, glänzender Speichel tropfte von ihren schwarzen Lefzen und rasiermesserscharfen Zähnen. Sie richtete sich auf, sprang ...
... und ich öffnete meine Hände und schleuderte den Energieball auf sie.
Die Hyäne wurde richtiggehend umgenietet, als der knisternde, aus reiner Elektrizität bestehende Ball sie an der Kehle traf und diese Elektrizität ihren Körper entlangrann in einem zischenden rosa Bogen. Mit einem Mal lag ein scharfer, durchdringender Geruch in der Luft: der Geruch nach verbranntem Haar.
Das Tier war jetzt völlig kahl. Der Energiestoß hatte ihm alle Haare vom Körper gesengt. Einen Augenblick lang stand es nur verblüfft da, dann schien es zu merken, was passiert war. Mit einem entsetzten Jaulen rannte es in die Dunkelheit. Ich hatte das Gefühl, dass wir es nicht wieder sehen würden.

»Ladys und Gentlemen«, verkündete Jack, »ich denke, Sie haben gerade der Welt ersten Fall von peinlicher Demütigung miterlebt.«

Ich lag auf dem Rücken auf dem steinigen Boden, schnappte nach Luft und wünschte mir nichts sehnlicher als ein Bad, ein Schläfchen und ein wenig Luxus. Wir hatten viel einstecken müssen, aber wir hatten die Schlacht gewonnen. Nun war es Zeit, den ganzen Krieg zu gewinnen.

»Wir müssen den Meteor zerstören«, sagte Ashley. Glücklicherweise war sie in der Lage gewesen, ihre Superkräfte dazu einzusetzen, ihre Wunde sofort zu heilen. Die Bisswunde hatte sich geschlossen und war wie ein Wunder verschwunden. »Selbst wenn es bedeutet, dass wir unser Leben aufs Spiel setzen, schulden wir es doch zukünftigen Generationen.«

»Eines nach dem anderen«, erwiderte ich und setzte mich langsam auf. »Ich habe nicht genug Energie, alle in die Zukunft zu befördern, geschweige denn den Meteor zu zerstören. Ich muss mich erst wieder aufladen, doch die erste Steckdose wird es erst in zwölf Millionen Jahren geben.«

»Und was hast du dann vor?«, fragte Todd. »Willst du darauf warten, vom Blitz getroffen zu werden?«

»Keine Sorge. Ich habe einen Plan.«

»Brauchst du unsere Hilfe?«, fragte Ashley.

»Vielleicht möchtest du, dass einer oder zwei von uns mitkommen«, fügte Ethan hinzu, »damit wir dir Schwierigkeiten aus dem Weg räumen.«

»Nein«, lehnte ich ab, »das ist eine Solomission. Und ich weiß, dass es funktionieren wird . . . weil ich es schon einmal gemacht habe.«

11. KAPITEL

Mit dem unglaublich verrückten Gefühl, das alles bereits einmal erlebt zu haben, versteckte ich mich hinter Jolenes Wägelchen und wartete auf den richtigen Moment. Auch nur zurück zu sein in dem vorgeblichen Krankenhaus der Omegas jagte mir bereits eine Gänsehaut über den Rücken. Außerdem saß ich in der Hocke, etwas, was ich schon im Cheerleading-Training immer gehasst hatte, und meine Knie wurden taub. Niemand klärt dich vorher darüber auf, wie unbequem es doch ist, sich vor supermutierten Monstern aus der Zukunft zu verstecken.

Die »Krankenhausgeräusche« drangen aus dem Lautsprecher an der Wand. Zwei Omegas kamen den Flur entlang und flüsterten einander zu, um nicht über die Aufnahmen von geschobenen Krankenbetten, piepsenden EKGs und gelegentlichen Durchsagen, die vom Band kamen, gehört zu werden. Als sie sich einer mir bekannten Tür näherten – meiner Tür – verwandelten sie sich in zwei supersüße Doktoren, die über eine Krankenakte gebeugt laut einen Fall diskutierten. Die Verwandlung erinnerte mich an Lynette Barbini, wenn sie am Morgen aufstand: Sie schaffte es mit Hilfe von Make-up von Struppi bis zum Cheerleader-Captain in nur fünf Minuten. Sobald die Doktoren die offene Tür passiert hatten, verwandelten sie sich wieder in Omegas.

Als die beiden Typen außer Sicht waren, überquerte ich den Flur. Mein Herz raste. Alles hing jetzt davon ab, dass dies genau wie geplant verlief. Wenn ich versagte, würden meine Freunde für immer in der Zukunft feststecken. Und um die Sache noch zu verschlimmern – wenn wir diesen Meteor nicht zerstörten, würde die Menschheit selbst ausgelöscht. Es wäre alles vorbei, wenn ich diesmal erwischt würde.

Trotzdem konnte ich nicht anders, als einen Blick in mein Zimmer zu werfen, als ich vorbeilief. Und tatsächlich, da saß ich, Toni Douglas, mit einem Stoß von Kissen im Rücken, in Alpha Kids Nummer neun vertieft. Wenn ich genauer darüber nachgedacht hätte, hätte ich mir wahrscheinlich Sorgen gemacht, was die Nebenwirkungen sein würden, wenn ich mir selbst begegnete. Ich meine, könnte nicht das Paradoxon, ein

einziges Individium in zwei Körpern zu sein, dich explodieren lassen oder so was?
Kein Zögern mehr! Ich öffnete schnell die Tür zum nächsten Raum und trat ein. Dies war der Raum, wo die Hauptenergieversorgung des angeblichen Krankenhauses untergebracht war.
Ich legte meine Hände auf die Oberfläche des Generators und atmete tief ein.
Der herrliche Energiestrom, der mich durchfuhr, war wie ein erfrischendes Bad an einem heißen Tag. Meine Haut schimmerte, ich spürte, wie die Muskeln in meinen Armen, Beinen und Zehen sich entspannten, und ich denke, sogar meine gespaltenen Haarspitzen heilten. Ich saugte die Energie bis zum letzten Fünkchen auf und fühlte mich völlig aufgeladen – zum ersten Mal seit, wie es mir vorkam, einer Ewigkeit.
Der Generator andererseits war hinüber. Rauch drang unter seiner Gummimanschette hervor. Ich gab ihm noch einen mitfühlenden Klaps, dann verließ ich den Raum und ging in den Flur.
Ich hatte den Blackout vorausgesehen, aber mir war nicht klar gewesen, dass es so schwer sein würde, sich zu bewegen, ohne irgendetwas zu sehen. Ich musste mich an der Wand entlangtasten, nur um die Tür zu meinem Zimmer zu finden. Ich stieß die Tür auf und ging weiter, suchte den Weg aus dem Gedächtnis. Ei-

nen Moment lang befürchtete ich im falschen Zimmer zu sein. Aber dann hörte ich mich auf dem Bett bewegen und wusste, dass ich schnell sein musste. Ich hatte eine Botschaft zu übermitteln.

Ich legte meine Hand über den Mund meines Doppels. Zumindest musste ich mir nicht überlegen, was ich sagen sollte. »Ich bin hier, um dir zu helfen. Hör mir zu. Du bist nicht verrückt. Du bist wirklich Toni Douglas. Alles und jeder um dich herum ist nur gespielt. Der einzige Mensch, dem du vertrauen kannst . . . bist du selbst.«

Als ich meine Hand wegzog, begann mein Doppel zu sprechen, aber ich bedeutete ihr schnell zu schweigen, denn ich wusste, was gleich kommen würde. Und da waren auch schon die Schritte zu hören, die sich näherten. »Schwester Sills«, flüsterte ich. »Ich muss mich verstecken.«

Ich huschte schnell um das Bett und warf dabei natürlich die Scrabble-Buchstaben vom Nachttisch. Ich zog den Vorhang vor der Nasszelle zu, gerade als die Tür aufschwang.

»Was geht hier vor?«, bellte eine Stimme, als die Notgeneratoren ansprangen und die Lichter mit einem weichen Summen wieder angingen.

Ich kauerte mich hinter den Vorhang und hielt den Atem an, während der als Schwester Sills verkleidete

Omega fortfuhr, meinem ans Bett gefesselten Doppel das Leben schwer zu machen. Einen Moment lang überlegte ich schon, ob ich herausspringen und ihr einen Schock verpassen sollte – und zwar im wahrsten Sinn des Wortes –, doch ich verwarf es. Ich musste all meine neue Energie für meine Aufgabe in der Vergangenheit aufheben.

Außerdem wusste ich ja bereits, was ich zu tun hatte. So schnell und so leise wie möglich legte ich die Scrabble-Buchstaben auf den Boden und gab damit meinen geheimnisvollen Hinweis:

I B D – Ich bin du

E R – Ethan Rogers

I S N O G A – ist ein Omega

Zufrieden mit meiner Arbeit stand ich auf, um sie in dem schwachen Licht, das durch den Vorhang fiel, zu bewundern.

IBDERISNOGA. Ziemlich deutlich, sobald man wusstest, worum es ging.

Nur zwei Sekunden später schlug Schwester Sills den Vorhang zurück, um mein Versteck zu enthüllen.

Aber natürlich war ich bereits per Zeitsprung entkommen.

12. KAPITEL

Es gab keinen Zweifel. Zeitspringen wurde immer leichter. Als ich damit angefangen hatte, hatte sich jeder Sprung angefühlt wie ein Zehnmeilenlauf. Jetzt, als ich am Rande des Kraters stand, immer noch aufgeladen von der Energie, die ich aus dem Generator der Omegas gestohlen hatte, hatte ich das Gefühl, alles vollbringen zu können.

Das war gut und auch schlecht. Einerseits hatte ich nun genug Energie, um den Meteor irgendwohin zu schaffen, wo er niemals von der Menschheit gefunden würde. Andererseits hatte ich keine Entschuldigung mehr, das nicht zu tun. Solange ich nur wenig Energie gehabt hatte oder Ethan hatte retten oder mir Sorgen um die Omegas hatte machen müssen, konnte ich die Zerstörung des bösen, außerirdischen Gesteines verschieben. Aber nun, nachdem alle Systeme liefen, gab es keinen einsichtigen Grund mehr, die Dinge noch länger aufzuschieben. Mein Auftrag war klar: Ich musste den Meteor ein für alle Mal entfernen. Wenn ich versagte, würde es keine Zivilisation, keine Vereinigten Staaten von Amerika und bald auch keine Filme wie Titanic mehr geben . . . also wusste ich, was ich zu tun hatte. Es gab keine andere Wahl.

Aber wenn »Chris Archer« Recht hatte, beging ich damit praktisch Selbstmord! Kein Meteor bedeutete auch: keine Experimente – keine Experimente bedeutete: keine Alphas, und keine Alphas bedeuteten: kein Jack, Todd, Elena, Ashley, Ethan . . . oder Toni. Ich schluckte, als mir das alles so richtig bewusst wurde. Ich hatte mich oft gefragt, ob es so etwas wie ein Leben nach dem Tode gäbe. Wenn ja, hatte ich gedacht, dass ich bestimmt in den Himmel käme. Ich meine, wie viele echte Sünden kannst du denn schon begehen, bis du dreizehn bist? (Das heißt natürlich, wenn du nicht Lynette Barbini bist.)

Aber jetzt würde ich nicht einmal ein Leben nach dem Tode haben, wenn es denn eines gab. Ich würde einfach völlig ausgelöscht werden. Ich wäre niemals geboren worden, und das bedeutete, dass ich auch kein Leben nach dem Tode haben könnte. Das war noch schlimmer als Selbstmord. Das war völlige Selbstauf-

gabe. Es war mir egal, wer sich auf mich verließ. Ich bezweifelte, dass ich das schaffen würde.
Als ich zu meinen Freunden trat, die zusammen vor dem pulsierenden Gesteinsbrocken aus dem All standen, wurde mir klar, dass sie das Gleiche gedacht hatten wie ich. Selbst ohne Chris Archers Rede zu hören, waren sie zu dem gleichen Schluss gekommen: Es konnte sein, dass wir damit den Stecker aus dem großen Nintendo-Spiel des Lebens zogen.
Zusammen starrten wir auf den pulsierenden Stein. Ein schwacher Laut schien daraus zu kommen, wie ein Gurren, aber leiser, tiefer und trauriger. »Glaubt ihr, er weiß, was wir mit ihm vorhaben?«, fragte Elena.
»Vielleicht«, erwiderte Ethan. »Wir wissen nicht, woher er kam oder was er vorhatte. Es gibt viel dort draußen, was wir nicht verstehen. Er könnte aus vielen Gründen hierher geschickt worden sein. Das werden wir nie erfahren.«
Ich biss mir auf den Daumen und versuchte die Tränen zurückzuhalten. Konnte das wirklich das Ende sein? Würden wir uns so voneinander verabschieden? Ich hatte immer gedacht, dass ich eines Tages, wenn ich erwachsen wäre, im Fernsehen auftreten würde. Nun würde ich niemals die Chance dazu haben. Ich würde niemals herausfinden, wie es auf der

Highschool war. Ich würde niemals mit einem Jungen gehen oder heiraten und selbst eine Tochter haben. Und ich würde niemals mehr meinen Vater oder meine Familie oder irgendeinen meiner Freunde wieder sehen. Es gab so viele Dinge, für die es sich zu leben lohnte. Das war eine Lektion, die ich zu spät lernte.

Schließlich brach eine Stimme die Stille, die sich über uns breit gemacht hatte. »Wir können hier sitzen und uns die Augen ausheulen, so viel wir wollen«, stellte Jack fest, »aber das wird uns auch nicht helfen. Wir haben einige unglaubliche Abenteuer erlebt. Wir haben Dinge gesehen und getan, von denen die meisten Leute nicht einmal träumen können. Und jetzt ist das Spiel eben vorbei. Wir haben die Chance, etwas echt total Tapferes zu tun. Ich würde sagen, fangen wir an.«

Ich war überrascht, solche Worte ausgerechnet von Jack zu hören, doch ich wusste, er hatte Recht. Es gab keinen anderen Ausweg. Wir mussten tun, wofür wir gekommen waren.

»Aber was, wenn wir uns alle aus dem Dasein wegzappen?«, fragte Todd. »Seid ihr bereit dieses Risiko einzugehen? Denkt darüber nach. Denn sobald wir diesen Meteor vernichtet haben, gibt es kein Zurück mehr.«

»Ich glaube, dass wir unsere Kräfte aus einem bestimmten Grund bekommen haben«, warf Elena ein. »Ich stimme Jack zu. Es ist unsere Bestimmung, dies zu tun. Es ist unser Schicksal.«

Ashley seufzte. »Na gut«, sagte sie und verzog das Gesicht. »Mit dem Schicksal kann man wohl nicht streiten. Ich bin dabei. Zumindest gibt es so keine Algebra-Hausaufgaben mehr – nie mehr!«

»Was ist mir dir, Ethan?«, fragte Todd. »Was denkst du?«

Ethan blinzelte, scheinbar tief in Gedanken. »Ich dachte gerade an meinen Dad, Chief Rogers«, sagte er. »Er war kein Teil der Experimente, das wisst ihr ja – er hat mich einfach aufgenommen, als meine Eltern verschwanden.« Ethan schüttelte den Kopf, wie um seine Gedanken zu verscheuchen. »Ich habe mich nur gefragt, ob er mich wohl vermissen wird . . . ob er überhaupt wissen wird, dass er einen Sohn gehabt hat.«

»Irgendwie, auf gewisse Weise«, versicherte Elena ihm, »wird er das wissen. Egal, was passiert, wir werden alle vermisst werden. Die Menschen mögen vielleicht nicht genau wissen, was nicht stimmt, aber sie werden fühlen, dass irgendetwas fehlt. Und selbst wenn sie es nicht wissen, werden sie uns vermissen.«

Wir sahen einander an. Die Sonne war fast völlig un-

tergegangen. Sie war nur noch eine rote halb abgeschnittene Scheibe über den schwarzen Hügeln. »Es ist Zeit, Leute«, flüsterte ich. »Tun wir es.«
Wir verschränkten alle die Hände, dann traten wir zu dem pulsierenden Stein.

Wir kamen in vielen Millionen von Jahren in der Zukunft an. Die Sonne schien riesig am Himmel: Sie war bereits in eine Phase ihres Lebens getreten, welche die instabile Phase genannt wird, so etwas wie der Alterungsprozess für Planeten. Wenn ich früher mal gedacht hatte, Metier werde unbewohnbar, wenn das Häagen-Dazs zumacht, so war ich völlig unvorbereitet auf den Anblick, der sich mir jetzt bot.
Es gab kein Leben irgendeiner Art. Die Wüste breitete sich in einem gleißenden Licht endlos vor mir aus. Millionen Jahre von ungeschütztem Sonnenlicht hatten die Erde in Sand und den Sand in Glas verwandelt. Nichts konnte hier wachsen und nichts würde hier mehr wachsen. Das Leben hatte diesen Planeten schon vor langer Zeit verlassen. Hier konnte der Meteor niemandem mehr schaden. Hier war niemand, der seine Kräfte nutzen konnte, nicht eine Million Jahre lang in jede Richtung.
Die Luft war fast nicht zu atmen. Wenn wir noch länger hier blieben, würden wir uns zu Tode husten.

Doch bevor dies ein Problem wurde, schüttelte ein riesiges Zeitbeben die Erde unter unseren Füßen. Ich war wie im Traum und sah zu, als riesige Risse die glasige Oberfläche der Wüste durchzuckten. Sie sahen aus wie Schlangen, die einer Beute nachjagen. Dies war kein normales Zeitbeben. Selbst die Luft wurde gespalten. Der Himmel wurde aufgerissen und das Universum selbst löste sich auf.

Ich merkte, wie ich selbst aufhörte zu existieren. Doch anstatt Angst zu haben, fühlte ich mich warm und geborgen, als ob jemand auf mich aufpasste. Es war nicht nur die Tatsache, dass unsere Mission ein Erfolg war, obwohl es nett war, sich vorzustellen, dass irgendwo in der Zeit auch die Omegas dahinwelkten und verschwanden wie geschmolzener Schnee. Es fühlte sich so an, als ob es genauso sein sollte.

Ich drehte mich zu meinen Freunden. Sie waren jetzt durchsichtig, kaum mehr zu sehen, außer man wusste, wo man sie suchen musste. Elena lächelte mir zu. Ich grinste zurück.

Antonia Douglas, du hast gerade das Universum gerettet, dachte ich. Und nach einem Moment fügte ich hinzu: Und du hast supergut dabei ausgesehen!

Dann löste ich mich in Nichts auf.

13. KAPITEL

»Toni?«, rief die Stimme eines Mannes durch den Nebel.

Ich kannte diese Stimme von irgendwo her. Sie war ausdrucksvoll, einladend, belebend, genau wie die Pröbchen bei Macys Make-up-Stand. Ich wollte nur dieser Stimme näher kommen. Aber warum hörte ich überhaupt Stimmen? Das Letzte, woran ich mich erinnern konnte, war, dass ich mich in Nichts auflöste. Hatte der Himmel beschlossen eine Ausnahme zu machen und gab mir eine zweite Chance? Instinktiv überprüfte ich, ob meine Bluse in meinem Rock steckte.

»Toni!«, rief die Stimme wieder, diesmal wie die Verkäuferin am Kosmetikstand, die dir klar machen will, dass du entweder etwas kaufen oder aufhören musst ihre Zeit zu verschwenden. Meine Augen öffneten sich. Ich konnte mich gerade noch zurückhalten nicht überrascht aufzuschreien.

Ich befand mich in Mr Blanchards Englischstunde. Hinter mir ertönte gedämpftes Gelächter. »Typisch«, flüsterte jemand.

Ich sah mich voller Erstaunen um. Ich saß auf meinem üblichen Platz, ganz an der Seite, nahe der Wand. Mr Blanchard saß auf seinem Pult vorne im Zimmer, ein Buch offen auf dem Knie: »Die Zeitmaschine« von H. G. Wells.

Einige Plätze vor mir saß Ethan Rogers und wischte gerade etwas von seinem Nacken. Spucke, wurde mir klar. Ich blickte über meine Schulter und sah Jack Raynes, der ganz hinten saß und einen weiteren Strohhalm lud.

In der vordersten Reihe saß Ashley Rose – in ihren üblichen schwarzen Klamotten – und reichte gerade ein Briefchen an ihre beste Freundin Jenny Kim weiter.

Unter der Klassenfahne saß Todd Aldridge und machte sich wie verrückt Notizen – Beweise sammeln, wie ich mir vorstellen konnte. Und drüben am Fenster saß Elena Vargas und starrte vor sich hin, vollkommen versunken in wer weiß welchem geheimnisvollen Tagtraum.

Keiner von ihnen sah so aus, als ob wir gerade das Universum gerettet hätten. Um genau zu sein, keiner von ihnen sah irgendwie anders aus als vor unserem verrückten Abenteuer. Erinnerten sie sich überhaupt, was wir durchgemacht hatten?

Dann kam mir ein anderer Gedanke: Was, wenn ich mir alles nur eingebildet hatte? Konnte es lediglich ein Traum gewesen sein? Es schien so echt . . . aber viele meiner Träume schienen echt, wie der über mich und den Hauptdarstellern von Dawson's Creek. Oder vielleicht war dies alles ein weiterer gemeiner Trick der Omegas. Vielleicht hatten wir den falschen Meteor zerstört oder es gab einen zweiten Meteor, den wir übersehen hatten, oder . . .

»Willkommen zurück auf der Erde, Miss Douglas«, sagte Mr Blanchard.

Ich schenkte ihm mein schönstes Lächeln (Nr. siebzehn – nachdenklich). »Freut mich, wieder hier zu sein, Mr Blanchard«, erwiderte ich.

»Und wie gefällt dir ›Die Zeitmaschine?‹« fragte er.

»Ich bin absolut . . .«, ich suchte nach dem richtigen Wort, ». . . elektrisiert«, schloss ich.

»Sehr schön«, sagte er lächelnd. »Und jetzt kehren wir zurück zu unserem Zeitreisenden, ja?« Er hob das Buch von seinem Knie, blätterte eine Seite um und begann zu lesen.

Während er las, wurde mir eines klar. Wer immer dieser H. G. Wells war, er wusste jedenfalls nicht viel über Zeitreisen.

Ich hörte zu, bis Mr Blanchard nicht mehr auf mich achtete – was meistens mit tragischer Schnelligkeit passiert. Ich musste herausfinden, was wirklich los war. Hatten wir verloren? Würde ich morgen aufwachen und zwei Omegas an der Tür vorfinden, die vorgaben die Zeitungsjungen zu sein? Oder hatte ich mir das Ganze tatsächlich nur eingebildet?

Es gab nur eine Möglichkeit, um sicher zu sein.

Ich versicherte mich, dass mich niemand beobachtete, und streckte die Hand aus, um eine Pinnwandnadel aus dem schwarzen Brett neben mir zu ziehen. Ich hielt meine Hände unter dem Tisch versteckt und stach mir schnell in meinen Daumen.

Zack!

Sobald ich das getan hatte, zuckte ein Blitz draußen auf und erfüllte den Raum mit einem unheimlichen, blau-weißen Schein. Ich schauderte. Es war, als ob jemand versuchte mich davon abzuhalten. Aber es war jetzt zu spät.

Ich spürte wie sich ein kleiner Tropfen Blut bildete, warm und klebrig.

Ich hielt die Luft an und zog langsam meine Hand unter dem Tisch hervor. Würde mein Blut nun rot sein? Oder silbern? Unfähig, die Spannung noch länger auszuhalten, blickte ich nach unten.

Wenn Tonis Blut silbern ist, geh zu Seite **136.**

Wenn Tonis Blut rot ist, geh zu Seite **140.**

Mein Blut war silbern.

Ich hätte vor Freude fast laut aufgejubelt. Du kannst mich von mir aus für verrückt halten, aber ich war glücklich, dass ich immer noch Alpha-Blut in meinen Adern hatte. Nicht nur glücklich – erleichtert.

Nicht deshalb, weil ich immer noch meine Alpha-Kräfte haben wollte. Ehrlich, wenn all meine Fähigkeiten, Elektrizität durch meine Hände aufzunehmen oder abzugeben, verschwunden wären – es wäre mir wirklich egal gewesen. Ich hatte genug davon, Funken zu sprühen und mich ausgelaugt zu fühlen und durch die Zeit zu springen.

Nein. Es war, weil das silberne Blut – irgendwie – eine Art Souvenir war. Es war ein Beweis. Der Beweis dafür, dass ich nicht verrückt war. Beweis dafür, dass ich ein außergewöhnliches Abenteuer erlebt hatte. Beweis dafür, dass meine Freunde und ich die Welt gerettet hatten.

Ich merkte, dass ich immer noch meine Luft anhielt. Und ich war total angespannt, als wollte ich mich auf etwas vorbereiten. Aber worauf?

Dann zuckte ein weiterer Blitz durch das Zimmer und mir wurde plötzlich klar, dass ich auf den Donner wartete. Donner, der aus irgendeinem merkwürdigen Grund nicht kam.

Das ist komisch, dachte ich.

Ich blickte zum Fenster und ... runzelte die Stirn.

Ich hatte erwartet, dass der Himmel sich zusammenziehen würde. Du weißt schon – bedeckt und stürmisch. Aber genau das Gegenteil war der Fall. Draußen schien die Sonne. Der wolkenlose blaue Himmel spiegelte sich in den Fenstern der Autos, die auf dem Lehrerparkplatz standen. Weiter drüben, auf dem Fußballfeld, sprengte Mr Dailey, der Hausmeister, ein Stück gelbes Gras mit dem Gartenschlauch.

Also, warum hatte es dann geblitzt?

Vorne im Klassenzimmer stand Mr Blanchard und hatte aufgehört zu lesen. Er starrte aus dem Fenster, als ob auch ihm die gleiche Frage durch den Kopf gegangen sei. Ohne ein Wort ging er zum Fenster und ließ schnell die Jalousien herunter.

Aber nicht schnell genug.

Denn in dem Bruchteil einer Sekunde, bevor die Metallstäbe herunterfielen und die Aussicht versperrten, sah ich etwas.

Ich sah den ganzen Schulhof – Mr Daily, die geparkten Autos, alles – verschwinden, um von einem Ausblick auf Palmen, die vor einem funkelnden Pazifischen Ozean langsam in der Sonne hin und her schwankten, ersetzt zu werden. Von dem gleichen Ausblick, den ich von dem künstlichen Krankenzimmer aus gehabt hatte!

Dann – zack! – innerhalb eines Augenzwinkerns war der Schulhof wieder zurück.
Oh, bitte, nein . . .
Der Blitz. Das Flackern. Es war gar kein Blitz gewesen. Die holografische Projektion der Omegas hatte eine Fehlfunktion gehabt!
Ich konnte kaum mehr atmen. Konnte nicht schreien. Konnte mich nicht bewegen. Alles, was ich tun konnte, war zu beten. Beten, dass ich mich täuschte. Dass ich nicht das gesehen hatte, was ich glaubte gerade gesehen zu haben. Dass meine Augen mir einen Streich gespielt hatten.
Aber als ich meinen Blick schließlich vom Fenster löste, wusste ich, dass mir meine Augen keinen Streich gespielt hatten – denn genau das war es, was alle anderen getan hatten.
Im Klassenzimmer drehten sich nun meine Klassenkameraden alle nach mir um. Und während ich sie vor Schreck wie erstarrt ansah, wurden die zwanzig Augenpaare, die in meine Richtung blickten, größer, dunkler, schwärzer . . . und mit bitterem Hass erfüllt.
Dann standen alle auf und kamen auf mich zu.
Noch bevor ich an Kampf oder Flucht denken konnte, packten mich Arme von hinten und hielten mich auf meinem Platz fest.
Ich konnte es nicht glauben. Das durfte einfach nicht

wahr sein! Aber es war so. Ich befand mich wieder in den Fängen der Omegas! Ich sah ungläubig zu, wie sich meine Klassenkameraden in meine bleichen, froschäugigen Feinde verwandelten.

Sie umringten mich wie eine Armee von gruseligen Skeletten. Derjenige, der sich als Mr Blanchard getarnt hatte, schob sich durch die Menge und beugte sich vor, bis sein schreckliches Gesicht nur noch Zentimeter von meinem entfernt war.

Mein Herz klopfte wie verrückt. »Aaaber ... ich dachte, wir hätten euch geschlagen«, stieß ich hervor. Meine Stimme klang dünn und schwach. »Ich dachte, wir hätten gewonnen ...«

Er schüttelte langsam den Kopf und grinste böse. Dann legte er eiskalte Hände um meinen Hals.

»Nein«, flüsterte er und seine Hände drückten zu. »Ihr habt verloren.«

Das war das Letzte, was ich hörte.

Geh zu Seite **146.**

Mein Blut war rot.

Ich starrte in verblüfftem Schweigen darauf, als der winzige rote Tropfen über meinen Daumen rann. Ohne nachzudenken, hob ich ihn an meinen Mund. Er schmeckte süß und salzig und kupfern – genau wie normales menschliches Blut.

Das heißt wohl, ich bin ein normales menschliches Wesen, dachte ich.

Ich denke, ich hätte wohl erleichtert sein sollen. Ich meine, irgendwie – ich weiß auch nicht wie –, aber irgendwie war ich wieder normal.

Und war es nicht das, was ich mir gewünscht hatte? Seit meinem dreizehnten Geburtstag, seit diese ganze absurde Sache anfing? Wieder ein ganz normaler Teenager zu sein wie alle anderen? Tja, nun war es passiert. Mein Wunsch war erfüllt worden.

Und warum war ich dann so enttäuscht?

»Toni?«

Ich blickte auf und sah Mr Blanchard an seinem Pult vorne sitzen.

»Hmm?«

»Du . . . du kannst jetzt gehen«, sagte er und deutete auf die Tür.

Verblüfft wurde mir bewusst, dass das restliche Klassenzimmer leer war. Alle anderen waren bereits gegangen. Ich war so in meinen Gedanken versunken gewesen, dass ich nicht einmal den Gong gehört hatte.

»Oh. Ja. Natürlich«, sagte ich verlegen. Ich stand auf und wollte gehen.

Als ich an seinem Schreibtisch vorbeikam, streckte Mr Blanchard die Hand aus und berührte mich am Ellbogen. »Toni?«, sagte er und seine großen braunen Augen spiegelten seine Besorgnis wieder. »Alles in Ordnung mit dir?«

Ich schenkte ihm eines meiner berühmten Lächeln (Nr. neun – selbstsicher). »Mir geht es bestens, Mr Blanchard«, erwiderte ich und fühlte mich merkwürdig taub. »Absolut und hundert Prozent normal.« Die Worte fühlten sich total unecht an.

Der Flur war voll von Schülern, die vor ihren Schränken standen. Sie unterhielten sich, lachten, zogen ihre Jacken an und schlangen die Riemen ihrer Rucksäcke und Büchertaschen über ihre Schultern, bevor sie hinausgingen zu den wartenden Bussen.

Ich lief wie ein Zombie durch die Menge, nahm kaum einen von ihnen zur Kenntnis – bis ich zum Ende des Flurs kam. Dort, an einem Münztelefon standen zwei Mädchen. Eines war Jenny Kim. Das andere war ...

»Ashley!«, rief ich aus und lief auf sie zu.

»Ja?«, sagte sie und drehte sich um. Als sie mich sah,

runzelte sie die Stirn und schaute mich verblüfft an.
»Ich ... ähm ... müsste mal mit dir reden«, sagte ich.
Ashley und Jenny Kim tauschten einen kurzen Blick aus. »Ach ja?«, antwortete Ashley. Ihre Stimme klang misstrauisch, zweifelnd. Als ob sie sich nicht vorstellen könnte, warum um Himmels willen ich mit ihr reden wollte. »Worum geht's denn?«, fragte sie und hob eine Augenbraue.
Sie erinnert sich wirklich nicht, dachte ich und fühlte mich entsetzlich. Sie erinnert sich nicht einmal daran, dass ich ihre Freundin bin.
»Ach . . . nicht so wichtig«, stieß ich hervor und entfernte mich.
»Das war aber komisch«, hörte ich Ashley Jenny Kim zuflüstern, als ich die Ausgangstür aufstieß.

Draußen erwartete mich scheußliches Wetter. Was als Gewitter mit einigen Blitzen angefangen hatte, hatte sich nun zu einem regelrechten Sturm entwickelt. Die Schüler eilten zu den wartenden Bussen, während riesige Regentropfen in der Größe von Murmeln aus den grauschwarzen Wolken fielen. Ich wurde durch und durch nass, aber das störte mich nicht. Meine Gedanken waren stürmischer als das Wetter – und doppelt so düster wie der Himmel.
Wenn Ashley sich nicht daran erinnerte, meine Freun-

din zu sein, dann war das mit den anderen Alpha Kids bestimmt genauso. Das machte keinen Sinn.
War es eine Art Tausch? Wir bekamen unser Leben einschließlich rotes Blut zurück, genau so, wie es war, bevor die ganzen Schwierigkeiten angefangen hatten, aber alles war ausgelöscht – einschließlich unserer Erinnerungen und unserer Freundschaften? Wenn es so war, warum erinnerte ich mich dann immer noch an alles, was geschehen war, wenn die anderen Alpha Kids es vergessen hatten? Irgendwie schien es mir nicht fair.
Blitze zuckten über den Himmel und unterbrachen meinen Gedankengang.
Wummmmm!
Plötzlich hörte ich ein furchtbares, splitterndes Geräusch, gefolgt von einem lauten Krachen und Geschrei.
Ich blickte mich um und sah, dass ein Blitzschlag einen Strommast umgeworfen hatte – genau auf einen der geparkten Busse! Der riesige Holzpfahl hatte das Dach genau über dem Fahrersitz eingeschlagen, wie eine eingebeulte Blechdose. Das obere Ende des Mastes hing genau über der Bustür. Das Einzige, was den Mast davon abgehalten hatte, den Bus weiter zu zerquetschen, waren seine Drähte – und sie sahen aus, als seien sie bis zum Zerreißen gespannt.

Peng!
Mit einem Geräusch wie ein Schuss löste sich einer der Stromdrähte und sein beschädigter Transformator explodierte in einem heftigen Regen aus blauen Funken und spitzen Keramikscherben.
Die Gruppe von Schülern, die in den Bus hatte steigen wollen, rannte voller Panik davon. Die Kinder, die sich bereits im Bus befanden, versuchten wie verrückt von dem tödlichen, knisternden Draht wegzukommen. Alle schrien.
Ssssst!
Der lose Stromdraht schlug herum und gab ein bedrohliches, knisterndes Geräusch von sich. Er schlug auf das nasse Pflaster wie eine Schlange auf einen heißen Grill. Das Regenwasser zusammen mit der Elektrizität war eine gefährliche Mischung und es würde bald jemand ernsthaft verletzt werden, wenn nicht schnell etwas unternommen wurde.
Ohne weiter nachzudenken, lief ich auf die Menge zu. »Geht zurück!«, schrie ich. »Ich werde mich darum kümmern!«
»Oh mein Gott, Toni . . . nein!«
»Haltet sie doch davon ab, irgendjemand!«
Ich ignorierte die Warnrufe und eilte auf den schwarzen, herumtanzenden Draht zu.
»Toni! Nicht!«

Der Draht befand sich in meiner Hand, bevor ich mich überhaupt daran erinnerte, dass mein Blut nicht mehr silbern war. Dass ich nicht mehr das Power-Mädchen war. Dass ich meine Superkräfte gar nicht mehr hatte. Aber ich wurde sofort daran erinnert.
Der elektrische Schlag war unglaublich, schlimmer als jeder körperliche Schmerz, den ich jemals gespürt hatte – glühend heiß, eiskalt, juckend, schneidend, zwickend – alles auf einmal. Unglaublich intensiv. Unerträglich. Nicht auszuhalten und tödlich.
Glücklicherweise hielt er nicht lange an.
Denn auch ich hielt es nicht lange aus.

Geh zu Seite **146.**

14. KAPITEL

»Toni? Toni? Bitte, wach auf, Toni.«

Oh Mann! Jetzt geht das wieder von vorne los!, dachte ich.

War das nur ein Traum oder war es wie die vielen anderen Male in den letzten Tagen, wo jemand versucht hatte mich aufzuwecken?

»Komm schon, Toni. Du schaffst es. Mach deine Augen auf.«

Ganz bestimmt nicht, Kumpel.

Auf keinen Fall würde ich meine Augen öffnen. Nicht nach dem, was bisher jedes Mal in dieser Woche passiert war, wenn ich meine Augen geöffnet hatte. Nein, Sir. Soweit es mich betraf, würden meine wunderschönen braunen Äuglein von nun an geschlossen bleiben. Selbst wenn es bedeutete, dass ich Klebstoff als Eyeliner benutzen musste.

»Es hat keinen Sinn, Leute. Sie ist bewusstlos.«

Genau, Kumpel. Und ich bin entschlossen bewusstlos zu bleiben. Und nichts, was du sagst oder tust, wird meinen Entschluss ändern. Niemals!

»Schütten wir Wasser über sie.«

Außer das.

»Ich bin wach!«, schrie ich, setzte mich auf und wedelte mit den Armen. »Ich bin wach!«

Als ich meine Augen öffnete, fand ich mich auf einem Grasstück sitzend vor, umgeben von fünf besorgt aussehenden Gesichtern. Na ja, ... sagen wir vier besorgt aussehende Gesichter und eines, das skeptisch wirkte.

»Seht ihr«, sagte dessen Besitzer und verschränkte die Arme. »Ich wusste doch, dass sie uns was vorspielte.«

»Halt die Klappe, Jack«, sagte das Mädchen mit den hellbraunen Haaren neben ihm. Sie beugte sich zu mir und legte eine Hand auf meine Schulter. »Alles in Ordnung mit dir, Toni?«

»Mir geht es gut«, antwortete ich.

Sie seufzte erleichtert auf.

»Aber ... mein Name ist nicht Toni«, fügte ich hinzu.

»Was?«

»Mein Name ist nicht Toni«, wiederholte ich gegenüber der Gruppe von Kids, die um mich herum standen. »Ich heiße Denise. Denise Butler.« Ich lächelte sie freundlich an. »Wie heißt ihr denn?«

Anstatt zu antworten starrten sie mich alle nur in schockiertem Schweigen an.
Schließlich konnte ich mich nicht mehr zurückhalten.
»Erwischt«, rief ich und grinste breit.
Alle lachten erleichtert auf.
»Toni!«, rief Elena Vargas aus und legte eine Hand aufs Herz. »Du solltest keine solchen Scherze machen!«
»Tut mir Leid!«, sagte ich. »Aber ich konnte einfach nicht anders. Du hättest mal eure Gesichter sehen sollen.«
»Der war nicht schlecht, Toni«, sagte Ethan Rogers.
»Du hast mich wirklich getäuscht«, gab Todd Aldridge zu.
»Ach . . . ich wusste die ganze Zeit, dass sie nur so tat«, brüstete sich Jack Raynes.
»Halt die Klappe, Jack«, sagte Ashley Rose und boxte ihn an den Arm.
Ich erhob mich auf die Beine und bemerkte, dass ich wieder mein Krankenhaushemd anhatte. Während ich normalerweise entsetzt gewesen wäre in einem solchen formlosen, blassgrünen Teil gesehen zu werden, war ich diesmal erleichtert. Es war eine weitere Bestätigung, dass all das, was in Mr Blanchards Englischstunde passiert war (ganz zu schweigen davon, getötet zu werden), nur ein neuerlicher Alptraum ge-

wesen war. »Also«, sagte ich. »Ich erinnere mich, wer ich bin. Würde es jemandem vielleicht etwas ausmachen, mir zu sagen, wo genau ich bin?«
Die anderen tauschten besorgte Blicke aus. Ethan antwortete als Erster. »Na ja, wir hofften eigentlich, dass du uns das verraten kannst.«
Ich schaute mich um. »Mitten auf einer Wiese?«, erwiderte ich.
»Du meinst ... du hast uns nicht per Zeitsprung hierher gebracht?«
Ich schüttelte den Kopf. »Hm, nein. Das Letzte, an das ich mich erinnere, war, dass wir alle uns in Nichts auflösten. Ich hatte eigentlich damit gerechnet, mit einem Heiligenschein irgendwo oben auf einer Wolke aufzutauchen und Harfe zu spielen.«
»Tja, dies ist jedenfalls ganz bestimmt nicht der Himmel«, sagte Jack und stieß mit der Fußspitze in den Boden. »Nicht solange ihr euch nicht in irgendwelche Supermodels verwandelt, die mir Pizza servieren.«
»Also, wenn wir nicht tot sind und Toni uns nicht per Zeitsprung hierher gebracht hat«, sagte Ashley und blickte mit zusammengekniffenen Augen in die Ferne, »wo, verflixt noch mal, sind wir dann?«
Wir sahen uns alle um. Die Wiese erstreckte sich etwa eineinhalb Kilometer in jede Richtung und stieg dann leicht an zu einem Ring von dunkelgrünen Tannen. Es

war etwas an diesen Bäumen, aber ich kam einfach nicht darauf. »Es ist komisch«, begann ich, »aber dieser Ort kommt mir irgendwie bekannt vor und dann auch wieder nicht.«

Plötzlich stieß Elena einen kleinen Schrei aus. »Leute – wir sind am Reservoir!«

Mit einem Schlag erkannte ich, dass sie Recht hatte. Deshalb sahen die Bäume so vertraut aus. Es waren dieselben Bäume, die früher am Ufer des Sees gestanden hatten. Nur dass sie jetzt am Rande einer riesigen Wiese standen.

»Aber wenn dies das Reservoir ist, wo ist dann das ganze Wasser hin?«, fragte Jack. »Was ist damit passiert?«

»Das ist einfach«, antwortete ich. »Das ist unsere Schuld! Als wir den Meteor beseitigten, hat das ein riesiges Zeitbeben ausgelöst, das den Verlauf der Geschichte geändert hat. Es hat eine ganz neue mögliche Zukunft geschaffen.«

»Und in dieser Zukunft hat sich der Krater niemals in einen See verwandelt«, beendete Ethan für mich die Erklärung.

»Aber warum haben wir überhaupt eine Zukunft?«, fragte Ashley. »Ich meine, ich dachte, wenn wir den Meteor beseitigen und damit die Omegas, hätten wir uns damit ja auch selbst beseitigt. Stimmt's?«

Das war eine gute Frage. Eine Frage, auf die keiner von uns eine Antwort hatte.

»Weshalb nach dem Warum fragen?«, sagte Todd schließlich. »Wer weiß, wer die Regeln macht? Vielleicht ist das irgendwie unsere kosmische Belohnung für die Rettung des Planeten.«

»Oder vielleicht bedeutet es auch, dass wir versagt haben«, bemerkte Jack düster. »Dass wir den Meteor gar nicht zerstört haben und dass die Omegas immer noch irgendwo dort draußen sind, so lebendig wie wir.«

»Nein«, unterbrach ihn Ethan. »Wir haben es geschafft. Wir haben sie besiegt. Da bin ich mir sicher.«

»Ich auch«, stimmte Elena zu. »Wir haben gewonnen. Die Omegas gibt es nicht mehr. Das fühle ich irgendwie.«

»Ich fühle es auch«, sagte ich und nickte. Ich weiß nicht, woher ich es wusste, aber so war es einfach.

»Selbst wenn es so ist, wissen wir aber immer noch nicht, wo wir jetzt sind«, sagte Ashley. »Wir könnten fast überall in der Zeit sein.« Sie deutete auf die Wiese um uns herum. »Und wenn dies hier das ist, was mit dem Reservoir geschehen ist, wer weiß, was sich sonst noch auf der Welt geändert hat.«

Todd runzelte die Stirn und biss sich auf die Lippen. »Ashley hat Recht. Selbst wenn wir zurück in unserer eigenen Zeit sind, könnte es sein, dass es nicht die Welt ist, die wir zurückgelassen haben. Es könnte sich alles völlig geändert haben.«

»Die Zeiger der Uhr könnten in die entgegengesetzte Richtung wandern«, meinte Ethan.

»Eine Frau könnte Präsidentin sein«, warf Jack ein.

»Ein Affe könnte Präsident sein«, konterte Ashley.

»Jack könnte als gut aussehend betrachtet werden«, fügte ich mit einem Schaudern hinzu.

»Tja«, meinte Todd und bückte sich. »Eines ist jedenfalls sicher. Die Leute hier verursachen immer noch Abfall.« Er hob eine leere Plastikflasche auf. »Und trinken Coca-Cola«, fügte er hinzu, nach einem Blick auf das Etikett.

»Und sie fliegen in Flugzeugen«, sagte Elena aufgeregt und deutete auf einen silbernen Jet, der am Himmel glitzerte.

»Ich wusste es!«, jauchzte ich und konnte meine Aufregung kaum zurückhalten. »Wir sind zurück! In unserer eigenen Zeit! Und alles ist genau so, wie wir es verlassen haben!«

»Aber ... sind wir immer noch dieselben?«, fragte Ethan. »Ist unser Blut immer noch silbern? Haben wir immer noch unsere besonderen Kräfte?«

Ich hatte mich das Gleiche gefragt, war jedoch nicht sicher, ob ich für die Antwort bereit war.

»Schnell, Jack«, sagte Todd. »Sag etwas in einer fremden Sprache.«

Jack öffnete den Mund, um zu sprechen, doch ich legte ihm schnell die Hand über den Mund. »Nein! Wartet!«

Die anderen sahen mich verblüfft an.

Ich erwiderte ihre Blicke und schluckte schwer. Was ich zu sagen hatte, war wichtig, und ich wollte es richtig sagen. »Hört mal, Leute. Ich habe nachgedacht. Wir haben eine Menge durchgemacht, wir sechs. Wir haben uns alle verändert und dann entdeckt, dass wir die Zukunft ändern konnten, was wir auch taten. Aber ich möchte, dass ihr wisst: Egal, was von jetzt an passiert – egal, ob wir immer noch unsere Kräfte haben oder ob unser Blut silbern, rot oder was auch immer ist –, eines wird sich nie ändern ... Ihr werdet immer meine Freunde sein und ich werde niemals vergessen, was wir zusammen vollbracht haben. Das ist ein Versprechen!«

»Das verspreche ich auch«, erklärte Ashley und nahm meine Hand.

»Ich auch«, sagte Ethan und legte seine Hand auf unsere.

»Freunde«, kam es von Elena, die lächelte und ihre Hand obenauf legte. »Für immer.«

»Und ewig«, sagte Todd und legte seine Hand ebenfalls auf unsere.

Jack legte seine Hand obenauf. »Abgemacht.«

Für einen Moment standen wir alle einfach nur da und hielten unsere Hände.

Und plötzlich umarmten wir uns. Alle sechs auf einmal. Klar, es war irgendwie sentimental und kitschig. Aber irgendwie fühlte es sich auch richtig an.

Nach einem langen Moment lösten wir uns voneinander. Mein Herz klopfte wie verrückt, als ich auf die fünf Freunde sah, die vor mir standen. Tränen stiegen in meine Augen. Ich wusste, egal, welche Farbe unser Blut hatte, ich blickte auf meine Freunde. Meine fünf besten Freunde auf der ganzen Welt und für alle Zeit.

Ich holte tief Luft und nickte ihnen zu. Sie nickten zurück.

Dann, ohne noch ein weiteres Wort zu sagen, drehten wir uns um und rannten – schreiend und lachend – über die Wiese, rannten im Sonnenschein um die Wette, rannten so schnell wir konnten durch das hohe Gras und die dazwischen blühenden Blumen.

Wir kehrten zurück. Zurück nach Metier, Wisconsin. Zurück zu unseren Straßen und Höfen und Häusern. Zurück zur Schule und dem Einkaufszentrum und dem Leben, das wir zurückgelassen hatten. Zurück zu unseren anderen Freunden und unseren Familien.

Würden sie sich an uns erinnern, wenn wir erst dort waren? Würden wir uns an sie erinnern? Oder hätten

sie sich genauso verändert wie das Reservoir? Genau so, wie wir uns verändert hatten?
Es war eigentlich egal. Denn, wer immer dort war – was immer dort war – und auf uns wartete, eines war sicher:
Wir waren endlich zu Hause.

DIE WELT IM JAHRE 2367

2367 - Experiment Hex

Rhiannon Lassiter

Raven ist ein Hex. Sie kann über ihr Bewusstsein in jedes beliebige Datennetz eindringen. Eine Fähigkeit, die das totalitäre Regime in Panik versetzt. Es sieht nur eine Chance, seine absolute Macht zu wahren: die Verfolgung und Vernichtung dieser gefährlichen Hex-Menschen. Raven konnte ihre gefährliche Identität bisher geheim halten. Doch als es darum geht, ihre seit vielen Jahren vermisste Schwester Rachel zu finden, loggt sie sich in die Datenbank der Regierung ein. Und macht dabei unglaubliche Entdeckungen.

Ein atemberaubender Future-Fiction-Roman von hoch aktueller Brisanz. Ein Roman wie ein Film – im Tempo der heutigen Multimediageneration.

296 Seiten. Arena Taschenbuch – Band 2134.
Ab 14.

Arena